中国当代文学名家精品集

味道的出与入

周荣池 著

成都地图出版社
CHENGDU DITU CHUBANSHE

图书在版编目（CIP）数据

味道的出与入 / 周荣池著 . -- 成都：成都地图出版社有限公司, 2025.4. -- (中国当代文学名家精品集).
ISBN 978-7-5557-2782-8

Ⅰ. I267

中国国家版本馆 CIP 数据核字第 2025YQ9775 号

中国当代文学名家精品集：味道的出与入

ZHONGGUO DANGDAI WENXUE MINGJIA JINGPIN JI: WEIDAO DE CHU YU RU

| 著　　者：周荣池 |
| 责任编辑：陈　红 |
| 封面设计：李　超 |

出版发行：成都地图出版社有限公司
地　　址：四川省成都市龙泉驿区建设路 2 号
邮政编码：610100

印　　刷：三河市人民印务有限公司
（如发现印装质量问题，影响阅读，请与印刷厂商联系调换）

开　　本：710mm×1000mm　1/16
印　　张：13　　　　　　　　字　　数：200 千字
版　　次：2025 年 4 月第 1 版
印　　次：2025 年 4 月第 1 次印刷
书　　号：ISBN 978-7-5557-2782-8

定　　价：68.00 元

版权所有，翻印必究

《中国当代文学名家精品集》
编 委 会

主　编　王子君

副主编　沈俊峰　陈　晨

编　委（按姓氏音序排列）
　　　　　陈长吟　陈　晨　韩小蕙　李青松
　　　　　聂虹影　孙　郁　沈俊峰　王必胜
　　　　　王子君　徐　迅　朱　鸿

出版说明

2023年春,教育部等八部门印发《全国青少年学生读书行动实施方案》。随后,122家国家语言文字推广基地共同发出"典耀中华"主题读书行动倡议。一些具有文化情怀的出版社和文化公司,立即响应,策划各种适合青少年阅读的图书,《中国当代文学名家精品集》书系应运而生。

《中国当代文学名家精品集》书系由北京世图文轩文化发展有限公司(下称"世图文轩")策划,由成都地图出版社出版。我非常荣幸地受邀担任主编。

世图文轩成立于2010年,系北京市内乃至全国较有影响力的图书发行公司之一,曾获得"重合同守信用企业""诚信经营示范单位"等荣誉称号。长期以来,世图文轩和众多出版社就优质图书出版进行合作,获得了合作伙伴的一致好评。在"典耀中华"主题读书行动中,他们敏锐地抓住机遇,迅速策划主要以初、高中生为读者对象的大型书系选题,显现出他们的眼光、魄力与胸怀,以及对于文化市场的拓展理想。我相信,这样一家致力于图书策划、出版的公司,其品牌信誉是毋庸置疑的。

为成长中的青少年读者集中呈现名家优秀作品,是一件虽然困难,却功在当代、利在未来的大好事,我能参与其中,与有荣焉。我必须以一种高度的使命感、责任感以及担当精神来做好这个书系,成就这件大好事。

令人特别感动的是，刚开始组稿时，刘成章、王宗仁、陈慧瑛、韩小蕙、王剑冰、李青松、沈念等老师就对这个书系表现出极大的支持和信任，并在第一时间提供了书稿以示鼓励。很快，几乎所有得知此书系的作家都认为这是在为作家、为"典耀中华"主题读书行动做一件好事、大事。由此，我和我的临时编辑室成员获得了极大的信心，热情也更加高涨，此后连续十个月，我们整个身心都扑在了这件事上。

一个人只要用心做事，人们是会感受到的，也会默默地予以支持。事实上也是如此。随着组稿工作的开展，我们和作家们的沟通日益频繁，我们发现，他们除了都表现出对这个书系的兴趣与认可，对当代散文创作的发展、繁荣的前景，还有一种共同的期待与信心。这对我们无疑是一种更为巨大的鼓舞与动力。

组稿虽然也费了不少周折，但总体上比想象中顺利得多。当然，非常遗憾的是，一部分作者由于手头书稿版权等原因，未能加盟到这个书系。

组稿只是我们工作的一部分，更为具体、更为烦琐的，是审稿事务，它出乎意料的繁重，也占据了我们比预想的多得多的时间和精力。偶尔，我们也有点儿想放弃了，但是，想着这是一件功德无量的事，又兀自笑笑，继续埋头苦干。在这个过程中，感谢师友们对我们工作的配合、理解、支持与信任。

静下心来，切实感受审读、编辑工作的价值和意义。

书系里，名家荟萃，佳作如林。有的，曾代表过一种新的创作范式；有的，曾开启过一种创作方向；有的，对某一题材开掘出更深更独特的思想；有的，有引领某类题材与风格的新面貌；等等。毫不夸张地说，散文多角度多样式的表达，在这个书系里应有尽有，全景式、全方位地呈现出中国散文几十年的创作成果，是当代散文创作的一个缩影。

总体上，无论是题材、创作方法，还是思想容量，此书系都呈现了散文广阔的视野,让我们感受到散文天地的无垠无际。

具体来说,以下几个特点特别明显:

一、作者队伍可谓老中青完美结合。入选作者的年龄跨度最大达半个多世纪,上有鲐背之年的高龄名将,他们文学生命之树长青,宝刀不老,象征着老一辈散文家依然苍翠的文学生命力;最年轻的三十出头,他们雏凤声高,彰显散文创作的新生力量蓬勃兴旺的景象;一大批中壮年作家,是当代散文创作领域里当之无愧的中坚基石,他们的创作正处于繁花似锦的鼎盛时期,实力毕现。

二、题材多元多样,内容丰富多彩。书系中,既有涉及上下五千年历史的洒脱智慧的历史文化散文,又有让人惊艳的初次涉猎的新颖、独特题材。有人写亲情,有人写风景。有些人写自己的童年,让我们看到其成长时代;有些人写一个城市或一条河流的前世今生;有些人写自己对故乡的记忆,从更有新意的视角表现这个时代的巨变;有些人集中了自己几十年的写作精品,让我们看到他们的创作道路上的足迹;有些人专注于一个主题,开掘深挖,独具魅力;有些人关注时代、关注身边的人和事;有些人剖析自己的内心情感……总之,反映中华传统文化、红色文化和当代自然文学精粹的作品,在此书系里比比皆是,或温暖动人,或鼓舞人心。

三、风格百花齐放,个性特点鲜明。几十部作品,有的侧重写实,有的侧重抒情,有的注重开掘思想,有的追求内容唯美,有的描写细致入微,有的叙述天马行空……表现方式千姿百态。但无论哪种风格,无论如何表达,皆个性鲜明,情感饱满,呈现出思想性、艺术性、可读性兼备的特质,读者可以从中获得不同程度的启发,感受到散文的魅力。

四、女性作者跳出了人们对"女性散文"固有的观念。书系中占有一定比例的女性作者,她们的作品虽然仍保留细腻敏感的特色,但大都呈现出大气开阔、通透有力的格局。她们温柔而现代的行文表达,对读者来说有着更为别致的情感体验和人生借鉴意义。

总之,这个书系,将是我们打造阅读品牌的开端。如果你愿意静下心来阅读,你一定会有所收获。

习近平总书记在文艺工作座谈会上讲话时指出:"优秀文艺作品反映着一个国家、一个民族的文化创造能力和水平。吸引、引导、启迪人们必须有好的作品,推动中华文化走出去也必须有好的作品。"我们希望,这个书系能成为读者眼里"正能量、有感染力,能够温润心灵、启迪心智,传得开、留得下,为人民群众所喜爱"的"优秀作品"。

在此,特别感谢沈俊峰、陈晨两位搭档的通力协作,我的编辑朋友梁芳、胡玉枝的倾力相助,以及世图文轩、成都地图出版社上上下下推进此书系出版的所有领导与师友的大力支持和耐心细致的工作。他们让我感受到了团队的力量。同时,也特别感谢出版方将我和我的搭档的作品纳入此书系,我们把此举视为对我们的"嘉奖"。

上述文字,不敢称"序",不敢称"前言",甚至不敢称"出版说明",仅表达此书系的缘起和一些组稿、审读的感受,也许过于肤浅,还望广大作者、读者海涵。

《中国当代文学名家精品集》主编

目录

上编　书与菜

味道的出与入 ／ 3
理菜时的心境 ／ 5
好读者的时机 ／ 7
吃　字 ／ 9
刀锋上的浪漫 ／ 11
读书读个皮 ／ 13
菜油的书香气 ／ 15
味道王国的元年 ／ 17
读书的欲念 ／ 19
热爱做饭 ／ 21
惜粮与敬字 ／ 24
买书的信念 ／ 26
荠菜的吃法 ／ 28
一棵乌菜的意境 ／ 31
毛笔的实用与诗情 ／ 33
风香白鱼 ／ 35
嘉兴的粽子 ／ 38
蚕豆的香气 ／ 40

书房里的醉意 ／ 42
青菜烧芋头 ／ 44
饥饿感和求知欲 ／ 46
素汤的意境 ／ 48
读书人的险情 ／ 50
砧板上的风景 ／ 52

下编　面与城

一碗面条的准确性 ／ 57
来自南角墩的面条 ／ 61
人民桥西饺面店 ／ 64
面条的面子问题 ／ 67
面的分寸和温暖 ／ 71
十六联拐角的旧味道 ／ 74
沉默的馄饨 ／ 77
面店的十二时辰 ／ 81
一尾游到心里的鱼 ／ 84
是不是那碗著名的面？ ／ 87
难得一碗高邮旧味道 ／ 90
骨头汤的等待 ／ 94
拐角处的四十五年 ／ 98
一碗面条的理想 ／ 101
运河边的一碗浇头面 ／ 105
一张熬酱油的秘方 ／ 109
桥边的雪菜肉丝面 ／ 112

面店日常的道路与主义 / 115
最后一支胡椒筒 / 118
来自三泰的青菜面 / 121
秋香面店大排香 / 124
二沟姐妹饺面店 / 127
好吃面馆的鲫鱼汤 / 130
一碗长鱼汤 / 133
汪曾祺笔下的跳面 / 136
面碗里有轮思乡的明月 / 140
品江南时忆故乡 / 144
解酒的牛骨汤 / 147
同龄人的面条观 / 150
打烧饼的张轩人 / 153
手擀面的豪气 / 157
陈小五的面条 / 160
黑桃面馆 / 164
面条的气象 / 168
百年老店的味水 / 171
住家店的风味 / 176
一碗挂面的活色生香 / 179
沈二洒的兰州面 / 182
宝塔手擀面 / 185
云阳人的高邮故乡 / 189
自家的面 / 192

上编　书与菜

味道的出与入

汪曾祺在《谈吃之写字·画画·做饭》中讲："聂华苓又一次上我家来，吃得非常开心，最后连汤汁都端起来喝了。北京大方豆腐干甚少见，可用豆腐片代。干丝重要的是刀工。袁子才谓'有味者使之出，无味者使之入'，干丝切得极细，方能入味。"味道是食物的灵魂，比之于营养似乎更受中国餐桌的关注。

味道的出入是庖厨的技术，也是秘境。以我弄厨的想法，味道之出入应大概有三种情况：一是出味，二是入味，三则是交融。前两种则大概多指荤腥处置之法，而所谓味道的交叉融合，则有许多可能。有味无味的荤腥如咸鱼与鲜肉之作，荤腥与菜蔬如羊肉与萝卜之作，菜蔬与菜蔬如韭菜与丝瓜之作种种，这一来味道在灶台上就茂盛地再次生长起来。

味道问题弄不好，岂止是无味，很有可能乱味乃至坏味。

一次见席间凉菜有炝菜瓜，眼睛为之一亮。可惜入口的时候才知道拌以秋油、白胡椒以及味精和盐，味道浑浊杂乱，不足取。所谓"有味使之出，无味使之入"盖指荤腥之味，出味乃是去腥膻，入味则是提神。菜蔬之味亦有苦甜香淡，但皆可取原味，不过取舍因人而异。比如菜瓜正因取其清香寡淡，佐以新蒜盐油足矣，至于大加调味，乃是过度修辞。而苦瓜之类味道凸显，正是取其本味才见精神，苦瓜不苦，那味道真是无趣了。

这又好比为文,风俗俚语大可信手拈来,至于大型的材料则要拆解处理。肉实的资料常常富含信息和营养,是菜肴"定江山"的基本,而坚实的基础资料是文章立论说理的"定盘星"。但原始的资料往往并没有文学性可言,而文学性又正是材料和文学之间的一道藩篱,是事实与文学之间的某种界限。好比买了猪蹄膀,肉身本没有问题,但若只是在水中煨煮而不调味,虽然能保其原味,但终究是死实而无精神的。材料和食料一样,异味当然可怕,无味也是可怕的事情。国人对于饭食,营养和当饱已经不再是重要的目的,意境才是更重要的追求。正如读书,并非只在乎知识和方法,更多的是审美和享受,除此之外,似乎实质性的具体作用反而并不重要。

所以,读书和做饭确实是有精神上的相通之处的——更多的是精神世界的一种面对,调味正是写作上的"文学性"。出入之道实际上就是在保留、放弃与综合的一个奇妙过程。比如有些人以韭菜单炒,另以涨蛋或肉丝浇头,看起来堆头和形式都非常美观,可是荤素未能互文见义,实在是貌合神离,亦不足取。

所以,味道其实是一种微妙的境界,并没有什么固定的程式,好比人生的境界,有时候简洁显得素净,有时候重味让人过瘾,而有时候交融表达出深邃,其实都在人自性的认识和选择。

理菜时的心境

做饭应该是一个完整的过程。从买菜,到理菜,到配菜,到做菜,到品尝,到洗碗及至回味,这样的过程才是圆满的。这个和读书是不一样的。读书的人不一定要写书。不写书而读书的人并非水平不高,只是某种行业的分工而已。一个美食家,如果不会舞枪弄棒的实战,除了他是营养学家之外,这个美食家大抵是个水货。但是,一个评论家或者纯粹的读者,不会写书是再正常不过的事情。往往事情还比较诡谲,很多人因为会写书而不能评论,很多人擅长评论而不能写作,很多人会写作也评论但总有一个相对弱项。由此可见,读书的事情,很多时候并不是实操来的经验,而是某种独特的间接经验积累而已。

但做饭绝不是什么间接经验,那必须是真刀真枪地实干。

理菜不仅是拣菜。拣菜只是把不好的部分去除,是最基本的程序之一——黄叶不取、不洁不取、异味不取,这些也是基本的情节。菜蔬也是有情绪的,这种情绪要看整理者对它的理解。通过这种理解的过程,也可以安慰人的情绪,这也是一种高妙的趣味。譬如花生芽、黄豆芽与绿豆芽,看似品类相似,但实有味水不同。花生芽肥壮,食之肉壮,宜以荤腥佐之;黄豆芽味重,食之粗糙,宜以麻辣佐之;绿豆芽清淡,食之甜嫩,宜取之本味。理花生芽或黄豆芽,应去其头部口感生硬者,其余则可以大刀阔斧地利用。而绿豆芽细瘦,其尾常易腐烂,则需掐头去尾。鄙人处理绿豆芽，喜逐一理顺堆放，好比是打理时间一般有条不紊。这虽然耗时，但不费力，乃是锻炼人的耐性。有时间面对万物，尤其细碎之物，尤为见心见性。手上掐去的细节，是时间，也是芜杂的心境。万物万事可以疗伤，实际上是借万物自我疗愈。有时候望着整理逸当的菜蔬，就如与其心平气和地谈话。过后究竟内容如何也不重要，那种安然的滋味才令人心动。

理菜是力气活，更是耐心事。厨房里的事，也像书房里的事。笔墨纸砚书本纸张安然地停当好，也是一种高妙的情绪。鄙人尝见一友人书房，舞文弄墨的案子上，所有的草稿纸张整齐有序，临过的纸张逐一叠放周正，足可见人的安然心绪。又常见那种写不了几个字的人，案子上到处墨污，纸张堆积如废物；再看他所谓大师不修边幅的凌乱头发和野蛮表情，可想而知这并非个性或者放达，实在是毫无道理的脏乱差。这些多是唬人的形式主义。就像有些人吼叫着写字，声势夺人之余实在可能只是草包一枚。

厨房里的工作，是用手把大地上的物事采集到砧板上，最终是进入口腹而抵达人心。果腹的事情看起来不必那么斤斤计较，但是细想起来心平气和地安排，也是与生活温柔地相处。

好读者的时机

书房与厨房有一点不同，不一定要有固定的地方。

欧阳修对钱惟演讲："余平生所作文章，多在'三上'，乃'马上''枕上''厕上'也，盖惟此尤可以属思尔。"枕边书实在是催眠的书，睡觉之前的阅读是不是如时人所说"读了个寂寞"？我觉得学习是要艰苦的，但是也要学会正确的休息。可能对于眼下的生活来看，不会休息是一个严重干扰我们的问题。忙其实不是借口，读书自然也不是借口。所以说，枕边书应该是清闲助眠的书，而厕上读书其实也只是个伪命题。一个人果真忙到连如厕都要读书了，那是一种什么样的状态——厕上读书无非是为了转移某种注意力而已。一位知名相声演员一语道破"天机"，说上厕所无论如何也要看点什么，至于看什么，实在没有书，手写一段字看也是可以的。甚至有人会把洁厕灵的使用说明也通读很多遍——现在有了手机作为"如厕"三件套之一，这样的事情也就少了，但是乐趣也少了。

所以说到底，还剩下"马上"才是靠谱的。我过去觉得是骑在马上读，后来想想车上读书都头疼，那马上怎么读书呢？细细想想，六一先生的"马上"应该是个时间概念，而不是物理地点。马上读书，这就真是好读书的人最应该遵守的了——就像是种树，十年前和现在都不迟。过去的人读书——我也只是从书本上知道的，我自己也不是这么做的

——总是讲究位置和气氛，这其实是有些做作的。什么焚香沐浴更衣之类的时间，用在读书上就可以了，要那么些劳什子做什么？鄙人喜欢把书堆在家中顺手可取之处，其实较之于那些富人家里的装饰，用书堆积成的风景也是一种底气和别致。随时可取说明随手可读或者一直在读，这才是读书最重要的地方。书房里看似凌乱不堪，其实什么样的书放在什么地方，自己心里是明白的，就像是做饭的时候，什么时候放什么样的作料，手上和心里也是清楚的。厨房里的规矩其实比书房里的规矩多，因为你做饭面对的不仅仅是自己，更是你的受众——家人、朋友或者更多人。你不可能完全按照自己的想法去做饭菜，必须要遵循一个总体的原则。这个原则没有具体的文字可以表述，但有大致的规律可循，说得通俗一点：总要是可口的吧。

读书是不一样的。读书可以按照自己的理解和思考去做，可能越是独特越有可能有新奇的发现。所以立刻马上读书，是好读者应该把握好的时机。顺便要说一句的是，很多人把手机看成阅读的敌人，这是很昏聩的想法。手机已经是一种生活方式，也是一种阅读方式。你要解决的问题并不是怎么看，而是你究竟看什么。实践证明，网络上并非全是"水军"，有的是有水平的人和有效的资源，你认为手机上的东西是洪水猛兽，只是因为你自己克制不了欲望而已。

吃　字

字是不可以吃的,但母亲却说邻居家的孩子"很吃字",大概是接受能力强、善于学习的意思。彼时的学习其实并非如今这般丰富,人们对于学习的认识其实就是识字。识字好像有很具体的用处,那就是平时写信以及过年的时候写"对子",偶尔婚丧嫁娶的时候写厨料单等也是需要写字的——至于文学之类和村庄似乎绝无关系。

养儿不读书,赛如养窝猪。猪只知道吃食,不可能吃字。而人也是有不吃字的,但这也并不十分可怕。识字与否并不可用于判断一个人的优劣。一个人识字但是不识世的话,那才是真的可怕。不识字的人往往畏缩,畏缩就会让人有虔诚恭敬之心,这是非常好的人生品格。即便是识字读书巨多的人,也应该有此恭敬虔诚心。而这恰恰很可能是许多识字者的问题。识字不识世,特别是把自己当成世界的人多矣——姑且把这种情况叫作幻觉,这种幻觉是害人误事的。

吃字是一种"层度",就像是人对食物的理解。有人认为吃饱即可,有人追求活色生香,更有高人能够平中见奇。这一点,识字和识味是有些像的。有些人做饭,也是令人感到不安的,这种不安常常来自过于刻板或者太过炫技。菜蔬有本味,就如人的天性。人的天性并非全部可取,这如味道并非完全可取,也如读书并非完全拿来主义。"捡到篮子里的都是菜"是一种生活态度,似乎无太多可指责之处,但"眉毛胡子一把抓"对于做饭是一种下等态度。常听人言"吃进肚子"还是聚集，但殊不知吃饭并不只是能量的摄取，对于中国人而言多是舌尖上的滋味。

读书识字自然也是这样的。如果只是认识了字，那么认识再多的字恐怕也是机械和蠢笨的。这样的人吃了再多的字，也不过是死记硬背或者望文生义而了无意趣。但大多数人吃字，其实并没有特别的天赋——鄙人对天赋这个词是非常警惕的，对别人和自己都有这种警惕。既然是天之所赋，应该是极为珍贵的，也是不该轻易就被人们发现的。所以，大多数人的天赋都是自带的光环或者人们的过誉。如果这世上真有天赋，那应该只有一种，那就是努力。书读百遍，其义自见。这和做饭是一样的。吃得多了、做得多了自然就有妙境。为什么"手艺"这个词那么神秘？如果生产线一样可以复制的话，为什么有些手艺只能是独家绝学呢？道理其实再简单不过，手艺的准确性正是因为其具有不准确性，含混、不可捉摸，甚至无中生有，才是我们生活中弥足珍贵的一种滋味。

我小时候常被母亲埋怨不吃字，这是一个大字不识的人的判断。后来我读了一些书，经历一些事情，并没有改善这种状况，但至少我明白了自己并没有天赋。所以更多时候就像做饭，一个人踽踽独行继续坚持，因为除此之外并没有任何有效的办法。

刀锋上的浪漫

刀是工具，也是一个时间节点。

庖丁解牛，是按照物理的节点，也是时间的节点。当动植物遇见刀锋，是结束也是开始。一段生命的结束，也是另外一段时间的起点。原先积累的时间被斩断，只剩下肉身之后，是刀锋开启了新的时间。并不是锅碗锁定了生命的终点，是刀界隔了时间的意义。人们总说一个人的厨艺高妙，讲的是"一把好勺子"，然而刀工是前奏，也是关键。刀工肢解了时间，也赋予了肉身愉悦的气息，这样的食物才可能更有滋味的基础。

锋利的刀口等待着砧板作为舞台来表现自己。切菜就像小时候读书，先生们将课文分段并归纳段落大意的过程。这其实是一种理解的过程。分段并非是机械的隔离，是对内容的条分缕析，以及找到内在的肌理、滋味和寓意。从形式上讲，刀工非常重要。末、丝、片、块都有着自己被需要的形式和价值。比如姜。姜块内有丝，横切则是生硬断其理，味水虽不变，但形式上显得粗糙，情绪上也显得凌乱。循着丝理下刀，不仅是爽利的，也是显得舒适的。当然，姜的形式取用也根据食物而定，汤用块，但不宜用整块。丝或者末则因食物而取，如蟹黄用丝与醋，而食蟹用姜末与醋乃佳。有些老到的厨师，用刀身拍姜，散而不变形，味出而易于捞取，也是很有意趣的做法。但家中小厨，如此粗重则粗笔书小字，亦不足取。

　　刀锋切断食材，成为一段空间也是时间。更为精细的则如游丝细末，是力度的技术，也是形式的艺术。淮扬菜里的刀工不敢妄言，但个中的高妙确实令人陶醉。一块豆腐的家常其实不过大块改小块，改刀大多数时候就是调整某种状态。这与读书写字也颇为相像。拿来一段材料，直接运用也并非不可，显得朴素而可信。或者多少用些心思改头换面但又换汤不换药，看得到质地也显得出用心，也是不错的做法，这是常见的事情。最见功夫的当然是为我所用，将书写者的内心完全融入材料之中，这才使形式与意蕴皆得融合——就像学书之人，遍临诸帖各种技法皆熟稔，最后写出自己的风格，但在点画、形式以及意蕴上仍可一眼辨识，这才是改刀者功夫的体现。如果只是物理作用，见不到情感和意趣上的化学反应，那多少是令人遗憾的事情。

　　刀和笔一样，是讲解情感和意境的。当然，刀锋比起笔锋又有不同。笔力不逮最多伤心，甚至只是无人问津而已。刀锋冷漠，弄不好血色相见，这可不是玩笑的事情，那是相当危险的。可见笔锋是虚功实做，而刀锋是实事务虚，但弄不好是会受皮肉之苦的——所以说，做饭比读书不仅重要，而且是要提防危险的，是血色的浪漫。

读书读个皮

过去说，读书读个皮，看报看个题。

现在读书的人很多，但似乎主动在业余时间读书的人数并非那么乐观。人们有了手机，很多生活方式都在改变。这也并不是什么洪水猛兽的事情，新旧的改变历来是这个世界的走向。我们今天在说微博、微信是新媒体的时候，报纸好像已经成为一种陈旧的信息传播方式。其实报纸对于竹简，竹简对于甲骨文，等等，前者都曾经是传统媒介的"新媒体"。

其实，我们要关注的并不仅是形式，而应该是内容。诗歌几千年，我们还在吟诵《诗经》的时候，难道里面的风雅颂已经不是以前的风雅颂了吗——如果不是后来纸张出现让"诗三百"传播得更为广泛的话，今天我们即使有再先进的手段，恐怕也没有办法去留存那些古老的文字和信息。这些，是一个现代人对所谓新旧媒体的一种客观认识。厚古薄今的态度大多是有些人所谓怀旧的感觉。这些感觉看起来很美，其实并没有什么实际用处。这些看起来顽固的态度也并不能阻止这个世界的改变。

我们向来重视读书，好像比吃饭还重要。生活中有大量的写书人，就像是生活中有很多厨师一样。这两件事情在生活中被如此看重甚至普及，也是有趣和有益的事情。一个人喜欢读书和做饭，应该是没有什么危害的事情，说明人们既注重精神又重视物质。不过读书短期内并没有什么明显的效果。这里说的读书并不是指为了学习的读书，而是作为一种修养的阅读。很多人都在读书，但方法上是需要注意的。因为读书往往会给人们某种错觉，觉得拼命读书就注定是伟大的事情。事实上，好读书而不求甚解可能是一件具有危害的事情。一是时间上的效率，二是不求甚解带来的迷惑以及幻觉。有些书就像是我们见过的人，是辅助我们去认识更多书的，而并非是一定对人生或者学业有效的。

这一点是必须搞清楚的，就像我们做菜和吃饭。我们不可能把一桌菜里的每一道菜都做成宴席的高潮，那样会让人找不到重点。也许我们可以给某一餐美食设定一个主题，但围绕这个主题而呈现的平淡、中和或者惊艳应该共存。吃饭也并非每道菜都吃得"翻饱"，否则那就是猪八戒吃人参果的状态，只不过是无趣的猛噇。有些书注定是擦肩而过的朋友，但并非它们对我们没有一点用处。书读得多了锻炼我们的阅历和见识，这就是最重要的收获。其实就像我们最后只有几个朋友真心相待，大多数人只不过可能是人生的教材——所以，读书读个皮，绝对不是什么轻慢的态度。我们的一生有很多事情要做，不是只有读书这一件事。我们一生也有很多书要读，但只有一两本足以照亮我们的生活。这也像我们一生其实就是一两个拿手菜，其他一定是道理相通的——这是一种非常怪异的妙趣。

菜油的书香气

小时候听母亲埋怨人懒惰,总是说"油瓶倒了都不着兴扶一下",可见用油在一个人家是特别重要的事情,并不比读书识字简单。彼时各样物资都是缺乏的,"油多不坏菜"的话是没有油吃的人说的。就像真读书的人并不会说自己读了许多的书。

我小时候憎恶不可多得的脂油。脂油在村庄里就是猪油。村庄里几乎每户人家都养猪,因为有些剩余的"恶水"舍不得扔掉,而猪喜欢吃的构树叶也是多见的。构树在村庄里又被称为"恶树"。可见猪在村庄里面对的都是苦恶的现实。但是它并不计较什么——铜勺一响,喉咙作痒。猪圈都靠着厨房,这个暗合一些科学的道理。猪长成后,在冬至前后杀了,这时候天气冷得严肃起来,靠着年关有了一堆血肉,人们心里就安然了许多。猪头下水都被收拾好,脂油冷风一吹紧致起来,家里就忙着熬猪油。猪油熬好之后,油渣和青菜烧,是一道别致的美味。青菜的一生都没有这般滋润的时候,在与油渣碎末的交融里有了些舒缓的情绪,不会让人总觉得是"面露菜色"的荒凉。

脂油里放了盐可以久贮,舀进陶罐里安静下来,就像翻滚的河流结了冰。凝固的世界里暗藏着许多的生计。日子为难的时候,干饭难以下咽,就用脂油拌饭。油腻的饭食要赶紧吞下去,一旦寒凉冷却了脂油就黏腻而难闻。我厌恶脂油这种顽固的味道,一直在脑海里周旋。尽管母亲就像是奉若珍宝一样挖出一坨她说的"荤油",但那种格外的待遇还是总令人不安。

里下河的村庄是种油菜的。当春天到来之后,黄花就放肆地一下子铺陈在平原上。但彼时的油菜瘦弱,没有什么饱满的收成,吃油总是一个令人困扰的问题。村头的榨油厂逢一三五开业,一斤菜籽可得三两三油。但这些香味对于一般人家而言,仍然像是油菜的花香一样,有些虚而不实。碗里的油一时成为一种困境。有时候见母亲洗锅的时候都有些不舍的样子,好像生怕把附着在铁锅上的油面洗去了。一碗满是油面的菜曾是一个家庭极大的体面。

我喜欢菜油的味道,很多时候会扶着油桶深深地吸一口香味。那时候要是停电了,母亲就舀点菜油在碗里,用棉花摘了籽捻成灯芯点上。这样我就可以继续读那些她看不懂的文章。第二天早上墙边留下浅浅的烟痕,鼻息间还有菜油燃烧的味道,这大概也是有着书香气息的。母亲督促我早上起来读书,她说人家的孩子一早就像和尚念经一样地念书了,她觉得声音大就是把书读好了。我便坐在菜花地里读书,心里想的全是金黄的花朵,走时身上全是花粉也全然不顾。

日后我无论走到哪里,都觉得油香就是书香气。

味道王国的元年

王干先生在一个对话中提出"美食的首都在故乡",鄙人蹭了个热度,留言说"味道王国的元年在童年"。这是机巧的附和,也是有真实感受的。一个人无论走到哪里,舌尖上最顽固的味道记忆应该都是童年的味水。据说一个人的味道习惯的形成在五六岁。可见童年虽然还是一个人懵懂之时,却也是最为清白和朴素的时候,更有可能变得深刻甚至顽固。

我的童年似乎并没有美食可言——尽管我后来写了很多关于村庄食物的文章,而我心里明白,那些是时过境迁之后的忆苦思甜,是一个写作者与往事的和解。握手言和是好事,不然纠缠也于事无补。其实,我在南角墩的童年是要和饥饿作斗争的,至于美好都是后来的虚情总结。但我觉得我除了遗传父亲贫困导致的不安和暴躁之外,还遗传了他的"一把好铲子"。村里很多男人都是会做饭的,而且大厨似乎也多是男人,女人操持的家常毕竟只是细水长流的温暖。

我那时候并不知道世上有蛋炒饭这种食物。在我家饭桌上,喝粥和吃肉是不可以一起的,母亲说这样会拉肚子。其实也许这只是因为没有钱打肉。日后我到了城市,遇见皮蛋瘦肉粥这种食物的时候,心里就满是疑惑——我坚信母亲的经验,可似乎肉粥的味道也是不错的。我觉得在自己的世界里,蛋炒饭是一种私人的发明。那时候并没有人在意我的早饭有无以及上学来去。每天广播在播送"秦邮大地"栏目的时候我就醒来，到晚上听完"广播剧"栏目就睡觉，没有钟表去刻度时间。早起之后，父母多已经下地干农活了。我便先要用舀水的塑料端子在门口刷牙洗脸，而后便回厨房做蛋炒饭。前一天的冷饭有些冷漠。蛋在油锅里打碎了，饭就倒下去艰难地翻炒，然后用刷牙的舀子的塑料端化些盐水淋到锅里。那一声水汽腾起的时候，一碗咸湛湛的蛋炒饭就成了。

很长一段时间里，我觉得这是我自己的"伟大"发明。

十多岁的时候，我第一次去扬州城，为病重的母亲寻药。那地方我只是听说过，"黄金坝"这个地名对一个乡下孩子来说简直就像异域。我从县里坐车进了扬州城，满眼的汽车就像是陌生人一样与我擦肩而过。我就去找寻站牌上的地名，上了对应的公交车。坐到站底一问才知道，方向坐反了。我心里满是沮丧，好像城里的汽车也是欺负穷人的。这让我对城市的感觉非常不好。但无奈又坐回去，到了地方说尽好话买到了母亲救命的药。出来之后我见到有那种破旧的小店，菜单上有扬州炒饭的名字，便点了一碗。我觉得自己是因为这个名字才有底气点的——原来城里人也是会吃炒饭的。那饭油水倒是不少，上来的时候还撒了几颗花生米——还有一碗不要钱的青菜汤。但因为一天的沮丧还没有消除，那一碗饭给我的记忆也并不十分美好。

到城里生活之后，我也会炒饭。内容上看显得高级一点，而且我很享受切各种材料的过程。细碎的胡萝卜、火腿以及葱花堆在砧板上等待着与一碗剩饭的狂欢，当饱却又再也吃不出那童年早晨里的味道。所以顽固的情绪并不一定是丰富以及长久的浸淫能造就的，童年的那一口味道才可能缠绕一生，因为童年是自己一生或破败或辉煌王朝的元年。

读书的欲念

是欲念让食物活色生香。如果只是果腹,食物并不会那么迷人,就像人生如果只谈生死的话,漫无边际的时间就注定落寞。只有对生的欲念和对死的对抗,让时间充满了喜怒哀乐的内容,人生才多彩起来。

一个人想着吃,并且吃得下去是无尽的福分,这是显然的道理。饥饿往往是这些欲念的起点。现在的人谈肉而色变,想着里面各样的化学成分和科学道理,藏着体检表又想着生活指南去对照食物,那自然是无奈而无趣的事情。彼时困难的日子里,肉都是难得进门的。六月里,瓜果丰富起来,就像天上的雨水一样丰沛。母亲坐在门前望着屋外漏顶一样的天空,手上打理着湿漉漉的瓜果。如今,这些菜蔬在餐桌上是最被推崇的,它们的寓意也挽救着健康。可那时候每天都是冬瓜汤和烧豇豆,这些健康的菜蔬露出一种无比的艰难。我一再提到肉,尽管我知道油水都很艰难。母亲颇有些乐观地说——肉是有的,天上下雨屋里漏,或者锅底打个洞——这些都是漏(肉)。我知道父母的艰难。每每雨后晴朗的片刻,卖肉的便骑着车来,我站在墙边望着人们围着那残余着血腥味的肉堆,眼睛里可能会有无助的贪婪。

好在能买肉的人家也并不多。父亲有时候也会负气一样赊几两肉。焯水之后切块煨汤,等待油水浮起来的时候,锅盖上都露出难得的喜色。他把肉捞出来,用碎末和盐拌上,那种咸香简直无与伦比。锅里的汤下了冬瓜片，好像这些生硬的瓜果也被感染了，要比平时糯烂很多。这极大地满足了我们的欲念，也在激化着欲念带来的矛盾——毕竟清汤寡水才是日常。从那些日子里，我知道了欲念是一种强大的存在。

那些日子里读书也遇见同样的窘境。除了课本之外，村庄里难得见到什么像样的书本。就连看报纸好像也是村干部们的专利。人们也并不为此纷争，他们只恨自己并不识字。有的村干部也并不看报纸。他们把报刊堆着，到了年底的时候就像是分发福利一样，给自己看得惯的人——当然父亲以他的大嗓门也能分得几张，回来用浆糊粘在窘迫的墙上。这样一年就有了点新气。我把墙上那些报纸看了很多遍，那些横着竖着贴的报纸上有这个村庄所不明白的消息。这大概就是我读书的启蒙，就像父亲那一小碗盐水肉，让我对这个世界的丰富有了很多的欲念。

缺少，是一件很美好的事情，它让人们的欲念还有效，这样即便是最朴素的食物或者最简陋的书本都变得无比珍贵。

热爱做饭

混得不如人,在家洗碗抹盆,顺便打孩子骂人。

骂是骂不过姑娘的,打也下不了手,所以洗碗抹盆是无奈的事情。但是无奈的时间长了倒有乐趣。对世上的事情哪有天生的热爱?你说一个人天生就喜欢读书,那基本是不成立的事情——谁天生不更爱吃喝玩乐吹牛——因为并不能做到都如此,所以才不情愿地面对,久而久之发现了乐趣,所以才有可能热爱起来。

我很小的时候就做饭,那时候真是无奈。早上起来用舀水的塑料舀子蹲在门口刷完牙,留下顽固的泡沫就回屋子里用洗菜的盆洗脸。前一天剩饭又冷又硬,就像生活的贫困和不如意一样笃定。大锅烧一个草把子就热,菜油和"锅蚂蚁"一起热腾起来,就打一个蛋下去,再倒下去饭胡乱翻炒一起。用刷牙的舀子舀水,撒些盐进去晃动一下,倒进锅里便是一阵水汽升腾起来。这是我还没有走出南角墩的时候发明的"蛋炒饭",那时候我不知道世界上真有蛋炒饭这种东西,我当时觉得连这个名字都是我发明的。我那时候有很多古怪的知识,比如说吃粥是不能吃肉的,吃了会拉肚子。后来到城里读书,看见有皮蛋瘦肉粥这种食物,心里还是有些怀疑。蛋炒饭是我后来在扬州吃过的,那年母亲病重,我坐公交车去扬州黄金坝给她买药,下车才知道公交车方向坐反了。

我当时很沮丧,就在路边吃了一碗扬州炒饭,我觉得那碗饭也很沮丧。

我的父亲是会做菜的。他兄弟姊妹七个人，只有二叔不会做饭。我的兄弟辈中大多也是男人做菜。我父亲做菜可能也是出于无奈，因为母亲的厨艺也很好，她带汤煮的小鱼天下没有再吃到过。但是因为母亲生病，所以倒逼得父亲成了"一把好铲子"。我正式做饭是从大学开始的，那时候暑假我留校做家教，就自己弄个炉子做菜，后来就成了一种乐趣，我至今还记得老虎桥院子里那种煤油炉的味道。后来我去盐城找过那个地方，拆迁了，但那种味道在我心里是拆不掉的。

菜场是天堂和人间的接口，一个地方的民生几乎全在菜篮子里。我喜欢买近郊农民自己种的菜，他们的菜新鲜，而且有辛勤的味道。洗菜非常磨炼人的耐心，我买豆芽菜都一根根地掐掉头子。我本来是不这么做的，但是见过顾汝中老是这么做的，我后来也这么做。这不仅是为了干净，我觉得这很有意境。世上有多少着急的事情啊，是我们自己觉得忙而已。切菜也非常解压，但是要注意厨房的安全，我有过多次见血的经历，但是并不能让我畏惧。对于一个爱做饭的人来说，这就像战场上的伤疤一样值得留存和骄傲。

菜和菜的搭配是需要理解能力的，对菜本身的处理也需要悟性。这就像写作者面对材料，个性化处理更是弥足珍贵，但是有些总体原则是要遵循的，那就是美。美是无法被准确定义和规定的，但它一定存在。我们能做的是避免不美，那美就是自然的事情了。比如你不能用韭菜炒西红柿，但是韭菜炒洋葱就有异香，又或者炒韭菜时放几根药芹，也是绝配。袁枚的那句话是做饭人的圣经：有味者使之出，无味者使之入。不过也是如此而已。

很多人做饭不洗碗，这是没有灵魂的事情。其实做饭的减压很大程度上在洗碗抹盆，因为油渍真是我们生活中多余的负担、压力和欲望，用体力去除这些比用心力去除这些更直接有效。何处惹尘埃的事情不要多问，让它"菩提本无树"不就罢了，纠结什么呢？有时候听外面寒风吼吼，屋里灯火可亲，看着被打理好的锅碗瓢盆，它们也是家人一样亲切，它们更可能就是被打理和安慰好的我们自己。

有人说我没有时间做饭——那么你喝酒、打牌、吹牛的时间是哪里来的呢？

惜粮与敬字

过去的日子里常有敬惜二字。

彼时端碗吃饭,手要是离开了碗,父亲的筷子就要抽打过来。那时候好像没有现在这么多科学和民主的方法,但又似乎很管用。饭米粒掉下来,母亲就会用手拈过去,放进自己的嘴里,并且说:"粮食是十个指头苦出来的。"我吃到最后艰难起来,母亲就会皱着眉头说:"不能作饭,不然要响雷打头的!"她把炖蛋的碗里剩下的碎末及油水和饭拌起来,真是无比的香——她说这是拙蛋,吃了要变笨的。那其中有一种酱油里特别的味道,现在的酱油失去了这种魔力。

偶尔实在吃不完而变味的饭菜,她便倒给猪吃,这被称为"恶水"。猪虽然要给村庄奉献自己的肉身,但它面对的现实是苦恶的。母亲还去打构树叶给猪吃,这样可以补充一些食物来源。构树在村庄里被称为恶树。猪喜欢吃这种粗糙的食物。

粮食当然是每个村庄的重要话题。爱惜粮食好像是个无须多言的话题。那时候我们上学回来就去地里面拾麦穗、稻穗,颗粒归仓是我们手上长出来的词语。其实,我们的"那时候"日子又不是那么艰难,但有一种敬惜的心思真是显得很庄重。即使是粮食掉在不堪的地方,都会引起人们的不安。

但令人不安的是,这种不安某些时候没有了。

敬惜字纸也是一个很好的传统。过去纸的制作生产不容易，人们敬惜字纸之心可谓隆重。据说一个地方要专门设立焚烧旧纸的设施。纸因为有了字就更庄严，这是马虎不得的事情。浪费纸就像浪费饭米粒一样，作孽。我觉得这还只是形式，或者是我们理解到的外在。

过去人们确实多有庄重的虔诚心。他们从内心尊敬纸和字。虽然那时候接触到字纸的人有限，但他们的心境十分可观。今天我们的日子好了起来，好像什么样的条件都不需要多考虑，只需要在意书写本身，成本已经不足为患。但我们的态度却出了问题，好纸好笔写不出好字来，"鬼画符"的事情比比皆是。这是因为人们的随意、轻慢，甚至放肆，以为提笔便为书法，写字就是美文，种种情形，简直不堪入目。

信息技术又局部地让书写开始离开以纸笔为介质。但更加便利的途径和方式，越是助长了某种轻慢的情绪。不讲风尚、秩序混乱、面貌荒芜，种种情绪不一而足。就像是一个富家子弟，挥霍浪费，特别是骄奢淫逸的情绪，尤为可恨。

这和做饭、吃饭又是有相通之处的。一个人若有敬惜之心，能把诸事看作事关食物一样庄重，把一切物事看作饭食一样珍惜，那自然就少有那些怪相。不然不但会饿肚皮，还会坏心神。

买书的信念

买书不像买菜是必需的。菜不买是要饿肚皮的，书买了肚子也未必就能饱。而菜若是无钱可买，可以到田地里去找补充和代替的。书无钱可买，则可借——况且非借不能读也，或者干脆不买，也未必有大患。

但天下事难在缺少，又有意味于渴望。

我记得小时候家里平素是不用买菜的。碗里的蔬菜大多来自房前屋后自种的菜蔬。要买的菜是肉类或不可轻易制作的，比如打肉和捧豆腐。这些并非是每天都有能力和财力办的事情，有些时候还要赊账。那时候人们也不十分计较。卖肉的把账记在脑子里（他是不是有一个不拿出来的小本子？），买肉的则也不会忘记。有些时候到了年晚或者成了陈年的债，当时买卖的情形还历历在目。村里难得有赖账的例子，这是一种好品性。虽然艰难起来可能"一分钱难倒英雄汉"，但牙齿咬得硬铮铮，绝不会吞下去半个假字。

但比之于买菜的必要性，买书在困难的时候就更具执着和悲壮的意味。这就需要一种信念。

我们村里没有几户人家有太多的书。读书的人除了学生似乎也不多。总读书而不做饭的老正祺，被认为是另类。他后来自缢离世，人们认为他是书读太多了，脑子解脱不了。书刊还有一个重要的来源是村头的大队部。书报要回来多是用来放在茅厕和贴在墙上。上面的内容是可以反复看的，这样可以消解无聊。古人说读书在马上、厕上和枕上——后面两项是做到了的，虽并非完全是主动的读书。到了上学的时候有了课本和试卷，上面有许多内容，算是有额外的书可读。也有人带了闲书来的，那时候叫作"大书"。看大书不是好事情。"大书"主要是两类：一是武侠，二是言情。打架和谈恋爱实在是人类两件重要的事情。但人们似乎又讳莫如深，这是一种很古怪的事情。

我是没有钱买书的。有一次因为作文课"闯了祸"。那一回我偷看了同学作文选上的一篇文章，哪知道下午作文课就写相关的内容，我几乎是将那文章照搬在了作文本上。这篇作文得到了老师的表扬。从此我的作文就被老师格外看重。但同学却不大愿意我总翻他的作文书。他的这本书是从上海买回来的，价格令人咋舌，几乎相当于半学期的学费。我那就连拿出学费都困难的家庭，买一本这种作文书是不可能的事情。但一种迫切的需要逼着我想办法。那时我家里有两棵桃树挂满了果子，十分鲜美。于是，每天放学先写完所有的作业，背着空书包回去，第二天早上背着一包桃子来，兜售给这位同学。一直到有十块钱的时候，这本作文选就成了我包里的书。这本书我看过许多遍，很多年都没有丢掉。

后来我也专门去城里新华书店买过书，买的是教辅。本是可以不去，请人带的，可我坚持要坐车进城。父亲为了省钱，就让我一个人去。我进城后未一脚去书店，而是去了人民商城，那是当时最繁华的地方。走了一圈，被几个五大三粗的人围着，其中一个人，让我"请"他吃"早茶"。我吓得直哆嗦，央求他留十块钱给我坐车回去。所以书并没有买到，我就回乡下了。回家把这事情说给家人听，表哥笑话我说："你就是想坐坐那中巴，多阔气。"

后来出去读书，也买了很多书，每换一处住地都先想着书怎么办。买书好像也不再常被提起，因为这事早早就是一种信念与日常，无须多言。但买菜似乎却认真起来，毕竟这是事关肚皮冷暖的大事。

荠菜的吃法

父亲来电话问我什么时候回去。他挑得了一篮子荠菜。

才进冬天门,荠菜的香味就在脑子里生长起来。一篮子,是多少?可以想象是一堆的光阴。篮子是竹子编的,有些年岁了。过去母亲在的时候,用这篮子去打猪草,所以又叫它"大猪篮子"。当然,这篮子也装菜。荠菜是草,也是菜,日子困难起来还可以充饥。

高邮人王西楼在《野菜谱》中记载:

荠菜儿,年年有,采之一二遗八九,今年才出土眼中,挑菜人来不停手,而今狼藉已不堪,安得花开三月三。

荠菜花细碎,叶子也不大——现在有那种肥嫩如菠菜的,虽然可喜,但味道十分平淡,是大棚或者改良的下等品。那种碎土中顽强钻出来的才是可喜,那瘦瘦叶子上的浓郁味道,没有碰到就已经闻着。这种荠菜非常难挑,大概是从明朝就有的共识——挑菜人来不停手。这是个苦事情。父亲一生就急躁粗鲁。他说挑了一篮子的荠菜,这让我很有些触动。人老了,就像是草木,生长得顽强是有的,但毕竟多了一些平和欢喜心。

荠菜是常上桌的,包饺子或者春卷,这并没有什么奇绝处。我想他乡一定也是有的。世人做菜，和做文章是一个道理。有肉菜就难得不好，就像有大材料，文章到底就有看头。真正难的是把平淡的事情做绝了，那才是真本事。肉馅本来就是生活中难得的奢侈，若不是蠢得无可救药，不至于做得难以下咽。如果有了荠菜的香味，相得益彰也好，画龙点睛也罢，都是好上加好的妙事。你要说不好吃，岂不是天大的矫情？

乡人汪曾祺专门写过荠菜。他从高邮出去，走南闯北，见过的吃法很多，盖有：凉拌、包春卷、包馄饨、做羹。凉拌的方法，先生讲得细致：

  荠菜焯过，碎切，和香干细丁同拌加姜米，浇以麻油酱醋，或用虾米，或不用，均可。这道菜常抟成宝塔形，临吃推倒，拌匀。

这种做法非常雅致讲究，但在高邮的厨房里是常见的。他一定也是从厨房里或家中桌上看来的。平常人家没有香干或者虾米，香油可能也未必是小磨的，但那股清香是共同的。

到家之后，进门就见父亲挑的那一篮子荠菜。看到那些荠菜，我突然想起母亲冬日里手上的倒刺和血迹。她当年割草或者挑菜的时候，总会把倒刺刮破，血会沾在草叶和泥土上。现在这件事情，由父亲来做。他老了，但并没有忘记荠菜，而荠菜像时间一样还在默默地生长。我已经很久不去找荠菜，我从小就厌恨这种劳作。挑荠菜活不重，但是烦人。那些细碎的叶片就像一地的鸡毛——南角墩以及周边的村庄真有一个传说，说荠菜是鸡毛变的。故事大概是那种传说的"义犬""义鸡"的路子。最终就是人们埋了鸡，第二年土地上长出了如鸡毛一样叶片的草，人们便将其叫作"鸡"菜，后来才叫"荠"菜。不过这话有些牵强，特别是荠菜的叶子如何说也不像鸡毛。倒是义犬的故事有点儿像，它的坟上长的是狗尾巴草。

父亲过去用荠菜炒百叶丝，但有些青涩，不如菠菜味道好。现在，父亲也不这么做了。他挑来的荠菜自己也不吃，给我是让包饺子的。饺子他会做，但也不爱吃，他还是喜欢喝粥吃饭。

荠菜种子不收，来年春风吹又生。各种吃法也改不了它的味道，就像扒在泥土上一样扎实。

一棵乌菜的意境

高邮的东北乡临泽有一种乌菜，似乎只有本地才有，像古镇一样遥远和自持。

这是我的偏见或者说私心。我在临泽生活过近八年光阴，最难的是求学时困苦的时候。那时候家在镇上的同桌常带我回去吃饭。他家住在后河。中街向北不到底，有一家孔家酱菜店。对面巷子便是信用社的宿舍，也是他家所在。孔家的酱好，有一种古老的味道。开了好多年，门板上的沧桑和老人脸上的皱纹一样深刻。

同学的母亲做菜极有滋味，最难忘的是咸肉烧乌菜。我之前没有见过乌菜。这种菜还有个名字叫"乌塌菜"，似乎为北乡独有——邻近的宝应也有，但我觉得那些村镇是一种风格的，属于一个地方。咸肉切了薄片，肥白得似乎透亮可见，瘦肉则咸香可口。油脂与菜同烧，去除了寡淡青涩，油腻也不存，味道十分清口宜人。菜香、肉味与米饭在口中的融合，对于饥饿的年代来说，真是一种极大的安慰。这让我从此生了更多的感恩之心。我不知为什么能吃上这样一碗美好的食物，所以我一路走来总感恩临泽。那段岁月，包括信用社宿舍的房子，院子里的烟火，来去路上的青石板，一切都是人生中最难忘记的情景。特别是那碗乌菜烧肉上所冒着的热气，可能是一生最难忘、最动情的细节。

临泽是个古镇，形制颇有江南水乡的味道。这种古朴在县内其他地方是少有的。古老的镇像一本早就定稿而又未作修辞的书，大体的格局和风颜已成为既定。每一个细节虽然不断苍老和代谢，但总有一种气息统治着这源于魏晋而仍生长于今日的一方水土。河流和街巷就像是经纬，这是不变的规矩，青石板和青砖是基础和底气。泥土在小镇上少见，它更像是一座自在风雅的城。

那么，乌菜生长的机遇在哪里呢？

临泽有三街六巷九坡台，另有几条古老的河。河古老到什么时候呢——水是从秦汉的子婴故事中流出来的，它向西连运河大湖，东去兴化下河诸地，即便是某年老迈到荒烟蔓草，但流动与时间一样是不会停滞的。

河岸上有草木，青草香中有乌菜的生长。坡岸险绝到几乎垂直的境地，人们都把菜种上去，更像是造景一样插上去。这是一种功夫，也是一种境界。人们都保持着一种气度，好像自古以来都这样去经营生活，司空见惯而又一成不变，这就是骨子里的风度。吃一口这样的菜，就像是咬住了时间和风雅，有一种深情的仪式感。

原来前河桥南岸有一家老姚饭店，并没有店名，就因为店主姓姚。他妻子胖胖的，笑得也很雍容，夫妻二人都和气。他家店里的陈设特别陈旧，旧得没有办法形容，有一种破败的气息，偏偏又让人感觉十分舒服。在昏暗的灯光下坐下来，外面是寒月里的冷风。这时候，我回到了临泽来教书，但乌菜寸步没有离开过。它还是与咸肉同烧，糯烂而清香，十分下饭。

想到那个乌到清亮的叶子，我总是想掉眼泪。

毛笔的实用与诗情

周星驰的一部电影里有个细节：演员用毛笔给食物刷油料。

这并不全是无厘头的搞笑，倒有一种特别的意境。毛笔是中国传统的附着物之一宗，实用在虚拟意境的纸上。用于食物，则是在无限的大俗上有了大雅。平常里我们总有一种貌似"高尚"的心态。好像虚头巴脑的物事才高妙，其实大俗大雅，能以俗为雅才真正有意思。至于读书人说的意义，其实最没有一点意思。

我小时候怕写大字。偏偏先生们每天都命令写一纸大字。那种米字格，写十二个大字。一侧有小方格，要写满小字。帖并不丰富，多是颜字柳字，大多又是信手而写。按先生说的"横平竖直""横轻竖重"的办法，完全是用墨色填满空白的时间。先生们用毛笔蘸红水画圈，显得无比庄严。奈何我写字潦草，难得能受先生青睐，字也就一直是"鬼画符"，只是对于毛笔的敬意一直不改。

过去平原上的村庄里有一种生计：和尚。和尚是要有些文采的，首先要有一副好嗓子，然后要能写一手好字，旧俗做法事的时候需要写"亡人神位"等一应文书。虽然主家未必识字，但总要写得庄重周正。"法事"的一应手续，都要阳上后人画押签字。但不识字也不怕，和尚会指着对应的位置画个"十"字。这个"十"字画起来也十分艰难，所以人们又觉得毛笔更加神圣，对于能写会唱的和尚显然就更崇敬了。

我的姑爷爷就是一个有名气的和尚，他在"慧园庵"做住持。这个乡间小庙颇有些名气，因为据说被考证为汪曾祺当年举家避战乱暂住的地方，是小说《受戒》的原型地。他俗名赵久海，早年未有读多少书的机会。不知道为什么他能写一手好字，大概是虔诚之心的缘故。他一生吃素，除了念经之外，总是端坐着。要写字的时候，他就把毛笔的笔帽拿去，把笔尖在嘴边润一下，在红纸上写起来。不知道这是什么规矩。

我们小时候写字也有用嘴捻毛笔尖的经历，那种被认为是书香的墨，总在脑海里有一种特别的意境。这是任何好钢笔或者便利的签字笔，都无法生成的庄严意境。这也可能是中国人自己的道理。

厨房是做菜的地方。对于做菜无比重视，我们的观念可能也是独有的。这一点和写字相似。说到底，我们的厨房和餐桌也是生产意境的地方。所以说，周星驰是以俗为雅，也以俗致雅。用毛笔在鸡翅上涂刷，让书房和厨房之间有了联系的机遇。这也像是他在电影中，垫在几个姨太太打牌桌下的诗集，其实并没有什么悲伤可言，而满满的是喜感，是一种通透明亮的喜悦。书房和厨房似乎是雅与俗的两个位置，事实上是相通的、相融的，甚至是互补的。毛笔的意境大多已经不是实用（书法也是），厨房里的细节也大多是意境。谈实用，锅里的食物熟了，让人们吃饱了，就完成了使命。而毛笔本是可以记事记账的——如今有了各种笔具和打印设备，看来它的实用性早就已经缺失，留下的有用的，是中国人最看重的但又特别难以归纳和表达的东西，于是人们就用两个字概括：意境。显然，更为高妙的还不是讲意境的原理和方法，而是意境已经在无言中。

就像笔墨落在纸上，油料浸入食物，一切都有说不尽的美好。

风香白鱼

在一家星级酒店吃到一道风鱼。

高邮有长河大湖，但并非只这里人吃鱼。风鱼也非高邮特有。但远在宋朝，有一旧诗提到这一风味。时秦观寄苏东坡以一众本地土产风味。他又赋诗《以莼姜法鱼糟蟹寄子瞻》作为礼单，凡七字十二句，提及风物多矣，其中"鱼鱐"即风干的鱼。陆游诗《雪夜小酌》中有"地炉对火得奇温，兔醢鱼鱐穷旨蓄"——也有风鱼的记录。

星级酒店的菜像工业，快餐店里的饭是商业，而世上的美食应该是农业。然这一味风鱼令人感到惊艳，让人感觉某种不确认感——似乎味道和名声还能在口腹中生长。于是每逢此菜过面前都要夹一筷，竟又觉得乐此不疲，真有如过去母亲所言：小人胀死不羞。席间主厨来介绍菜式，今天一餐乃是为制作寻味的电视片。奈何外地来的先生们兴趣不在此鱼，而我则是对此味道十分感兴趣，一心请问老先生味道秘境。大师姜传宏先生是本地菜名家，他倒也大气，不久后就发来一份制作的"秘方"：

> 取适量花椒与盐炒透成花椒盐，放凉待用。
> 备干荷叶用清水浸泡回软。
> 选高邮湖野生白鱼从脊背开刀，宰杀去鳃、内脏、鱼鳞

（也有不去的）。用干净毛巾抹净血水。

按每斤鱼80克花椒盐的比例，将鱼全身抹遍擦透。

将腌制好的鱼用荷叶包裹，再用打包绳宽松捆扎后，在荷叶上戳些小孔（便于透气）。

将捆好的鱼悬挂在防雨避光且通风的地方，20天左右即可收藏。

食用时取一条先用清水浸泡2小时使其回软。排出部分咸味，取出加葱、姜、料酒，上笼蒸熟放凉。

将蒸熟的风鱼手撕成粗条装盘即可食用。

……

我将此方录于此并非揭秘，更非只是充实内容，是觉得这些步骤以及字字句句都像诗，至少是有着诗情画意的。有什么秘密呢——告诉你，或者手把手地教你，也未必能做得如出一辙，不然叫什么手艺呢？

取"适量""炒透""待用"，这期间有细致，也有耐心。干荷叶清水泡回软，是不是起死回生呢？一定是高邮湖的白鱼——"一定"其实是未必的，有没有从邵伯湖游来的鱼呢？"一定"只是一种信念。开背、宰杀、去鳃、擦净，就像庖丁解牛的节奏；按比例用椒盐将鱼身抹透，想来就无比周到熨帖；荷叶打包宽松包扎并戳孔透气，好些并没有一点标准规定，但一定又是心中有数；吃时浸泡、蒸熟、手撕，仍然似乎没有一点特殊，是家常的手段，没有任何星级酒店的傲娇。

但这味道丰富、透彻、隽永——点点香菜叶像是水草，那些风味的肉身，似还活着。

风鱼的肉质坚实，口感筋道，就像鱼还在水里挣扎，味道出入有度，咸淡相宜，鲜美干香，没有复杂的呈现，只有咸香——果断、晓畅而透彻，食后口齿留香，回味万千。在这个繁盛的年代，想吃一种食物，是莫大的信赖。

风鱼百姓人家也是做的，只可惜是过去的记忆了。外来的也能买到，但一定存在几个问题：一是工业化的办法，二是商业化的介绍，三是缺少本土的确认感。为什么风鱼是本地的好？更重要的是本地人的手艺、本地的气候、本地人的情绪，这太重要了。不然，美食就只是造饭当饱，没什么美感而言。大美一定不是实务，而是感受，甚至无以言表。比如这份方法中，又提到几个事项：鱼宰杀后不能水洗；盐必须放凉；荷叶一定要戳孔；腌制要擦透；必须放在防雨、避光、通风处；最后还有一句更重要——小雪节气之后才能制作。

必须并非规范，是谨慎，因为所谓不能与必须，本身并没有科学的界限。比如一定要在小雪之后，那小雪的一定是不是只是温度的界限，或者说手艺的准确是诗性的准确——永远说不清楚道理才显得肯定。

这天饭中，我想把这鱼打包带走。看了好多眼，奈何饭罢时只剩下几枚蓼草的叶子，就像失去鱼的河流，可是你心里明白啊——那鱼在记忆的河水里跑不掉了啊。口水这条河可是不会断流的。

嘉兴的粽子

以前我理解的嘉兴的粽子是一种工业化的食物，还有浓郁的商业味道。许多服务区都会有嘉兴粽子的档口。服务区意味着忙碌和离开。没有人把匆匆一瞥的服务区当作目的地。往年在国外进过几次服务区，倒真是吃到一些美好的食物。后来回家想想，可能不过是少见多怪而已。外表枯黄的粽子闷在服务区的热水里，就像是石头在河流里的等待，多少有些疲惫或者茫然的意味。我吃过一次，黏腻而不可取。

春末在嘉兴的一次早餐，见到有个头细巧的粽子，取了一个在盘中。但内心还是有些犹疑：会不会还是那种普通的味道？就像宾主双方桌上的客套气氛，看起来别致，其实大多数时候是程式化的。但这次吃的感觉不一样：植物的清香浸在糯米中，糯香的米又夹杂着清晰的馅心，芬芳而又明确。我此刻才明白，所谓一个地方的名产，一定是要基于本地的水土和情绪，这样才可能吃到外地没有的滋味。本土的滋味就像是一个人在乡的写作，只有站在大地上，许多感触和体验才有存在的现场。

往年芦苇叶子冒出来的时候，父亲都会托人带来粽子。南角墩有许多清香的草木，芦苇随处可见地扩张着。它们虽然长得瘦弱，但叶片的味道是厚实而亲切的。那些叶子被摘了之后，很快又长出来。它们用源源不断的善意供养着村庄。乡野的食物讲求的是节令和新鲜，往往上市之前人们就会急着尝个"新"与"鲜"。真正到了端午，万物丰美的时候，粽子只是一种寄托或者仪式，那一天倒是吃不下许多。或者吃了，更像是一种节日的过场，吃了并没十分的感受，但是不吃心里就会少点说不出的滋味。

我的父亲是会裹粽子的。他是和自己母亲学的。往年在芦苇叶子长成的时候，奶奶就会"打"一些回来。打，是一种很生动的词。芦苇的叶子此时被叫作"粽箬"。一种颇有些古意的名字。这也是对的，芦苇和粽子都是古老的事物，它们有独特的中国意境。芦苇的叶片有平行的茎，要先在开水中煮透才柔软可用。水开时就满屋子清香的味道。糯米是往年剩下来的，头一天就拣去杂质汰洗后清水浸泡。馅心有各样的：蜜枣、咸肉或者赤豆。赤豆的馅吃得滋味一般，并不如白米的粽子甜香。城里还有咸蛋黄的粽子，村里是很少见的。这种吃法太过奢侈洋气，不是村庄可以有的作风。吃白米的粽子要蘸糖。所以有句俗语"吃粽子又蘸糖"，说的是得了双重的好处，这其实也是少有的好事。

父亲裹粽子的时候把米和粽箬放在脚边，线绕在凳子上，一端线头咬在嘴里，扎好后用剪子剪掉，如此往复。剪子放在装粽箬的水里也有了草木的清芬，久久都不散去。他裹的粽子扎实，煮了不会破角。但今年他说不自己包粽子。他老了，牙齿咬不动那顽固的线头了，那些事交给了后人。

蚕豆的香气

蚕豆花和别的花不一样。它的花朵有眼神，好像总是看着春天的大地。

蚕豆花似乎春后就开了。年前它们就在贫瘠的泥土里冒出头来，和风寒对抗着。豌豆苗也是秋后种下去的。霜后叶苗就鲜嫩无比，炒着吃或者氽汤是极好的。蚕豆的叶不可食，所以它的老嫩就无人问津。豌豆在村庄里似乎不用来做菜。所以豆子和人生一样，各有各的处境与妙用。蚕豆开花的时候，我就会想起母亲。我至今记不得她的生日。她的母亲也不知道，就告诉我们一句模糊而诗意的话：大概是蚕豆开花的时候。所以我特别关注蚕豆花开。

它的花朵用黑白相间的眼神看着人间，有一种清寒的冷漠。这是我从小就知道的一种滋味。

蚕豆的荚才长出不久，我们就摘来尝鲜。那时多在下学的路上偷食。人们都在望着田野里的动静，没有人计较这些事情。后来我们上学，学到了关于蚕豆不能生食的道理。但那些年似乎没出过什么危险的状况。嫩皮蜕后的蚕豆很清甜，入口有些凉意。这种食物缓解了我们那时的饿和馋。我不记得是不是吃过生的豌豆。那种豆米有太过怪异的味道。

蚕豆要成熟的时候，麦子就要成熟了。春天腌下去的咸菜洗干净与蚕豆同炒，有特别的咸香。这种咸菜与粥和在一起味道香。有句俚语作"粥烫咸遭瘟"，极言吃咸之多，也可见这种菜味道好。还有闲情的人家，用棉线将蚕豆串成珠状，在汤罐里煮熟，捞出来凉后挂在孩子脖子上。孩子挂出去炫耀一番，后又一个个摘下来吃掉。这真是闲味。

蚕豆再老熟一点就剥仁烧汤和咸菜。这时咸菜味道变得苦臭，要反复淘洗。这种汤冷了才好喝，有"鲜掉眉毛"的说法。这是南边人说的细腻话。我们农村人只说是"喷香"，语气和汤味一样明确而深刻。

蚕豆老了之后，也有取仁晒干日后烧汤的，与瓠瓜一起也极鲜。还有与红苋菜炒的，味道独绝。

蚕豆要留种。秋后就要播种，多余的炒了吃。铁锅里炒到两面稍焦，锅中一片热烈之时，浇一瓢冷水下去，顿时腾起一阵热烈的水汽。片刻偃旗息鼓之后，又响动起来，淋香油，置新蒜瓣，煮至豆米熟烂，是下酒的好菜。有人家点一些生抽。其实蚕豆的焦色已给汤着了色，添色实在是多余。偶有几粒煮不熟的，有些硌牙，倒也别有风味。

当然也有炒熟了干食的，是另一种味道。闲时或去看露天电影时，可以做零食吃。村里时常有炸炒米的人来，炸米花之外，也有炸蚕豆的。但着了那种极甜的糖精之后，蚕豆的本味没有了，让人觉得味道浮夸而不真实。

听说困难的时候，冬日里没有吃物，有人去掏泥里藏着的豆子，长了细芽也不顾，直接吞下去。那是太饿了。还有人把做种的豆子也炒了吃，被人笑话"好吃不留种"。那是太馋了。

书房里的醉意

许多读书人都好酒。这其实不足为奇,和好多喝酒的人喜欢读书一样。

酒不只有麻辣滋味,还有人间的况味。三杯两盏下肚,其实是俗世的人暂时离开了现实世界,在似醉似梦的世界里停顿或者躲避片刻。世上的俗事,哪怕是人们眼里的大事,不尽如人意的总占多数。不尽如人意并非完全因为对错之分。而这样的世界才不至于千篇一律,才有趣味。有趣的事情比有意义重要。好些读书人也是会做饭的。所以读书人会喝酒做食,就更显得有趣而深情。

有人喜欢聚饮,但独酌也很有趣。独饮的时候不该在客厅或者外面的餐厅,那就显得太过冷漠。譬如一个人去热闹的地方吃火锅,那是多么孤独的事情。听说有先生们在讲课的时候抿口酒,这也是未尝不可的风格,但又似有些固执己见的意思。人在众人中还是不要太显得孤独,不然就有些造作或者不通人情。孤独是一个人的事情——读书也是这样。你愿意读书应该是自己的选择,不必在大庭广众里展示。一来喧闹的环境里不适合读书,二是好像显得别人俗气,但天下哪是需要每个人都随时在读书的?

在朋友圈里常见那种焚香读书的动态。我以为十分不真诚,是世人所谓"读书两分钟,晒圈十分钟",是行为艺术的读书。真读书的人没有时间和兴趣弄这些虚头巴脑的事情。再说，读书是读书人的本务，要特别告诉别人做甚。如此看来，独饮和读书应该在书房里比较恰当。书香和酒气在书房里遇上，看似物理场所的交融，实也是精神世界的神合。这时候读什么书，喝什么酒，或吃什么菜就实在只是一种形式。喝酒的第一好菜不是鱼肉，应该是花生米。我以为无论水煮、油炸或者是醋浸诸种，都不及五香的花生米好。如果有那种花生壳，更可视为天物。有一种蘸盐的花生米味道极好，而蘸糖的就实在是甜俗。

有人说，喝酒要学武松切几斤牛肉来，这实在是书没有读好。在农耕时代，牛是第一等重要的牲畜，是要下地出力的，哪能杀来取肉？《水浒传》里的好汉都是筛酒吃牛肉二三斤的，这一来是某种抒情，表达某种大气慷慨；二来实在是一种讽刺，是用大吃牛肉的狂放之举调戏官家的威严。这实在是一种好方法。要学会这种方法，不仅要好好喝酒，更要好好读书。

一口酒，十行书，满肚子的舒服。喝到微醺，一两粒花生米在嘴中仔细咀嚼，就像一个好句子反复琢磨，或未解其意，或深知奥妙，都不要紧。喝多了摔书于地，卧书间睡去，不亦快哉！当然，据说没有一口酒对身体是有用的，饮而不贪不酗才大好。就像读书到底有多大用，有时候可能也是一种幻觉，不可贪痴不悟。

以书就酒，比拖肉咽菜有意境，不可不得，也不可多为。当然，拿起铲子来做一二小菜，就像写篇短文自鸣得意，也是靠谱的事情。毕竟没有人间烟火，哪有书香永在呢——醉在厨房或者书房，实在美事一桩也。

青菜烧芋头

在花园酒店吃到一道菜：青菜烧芋头。

毫不矫情地讲，如果不是自助餐人员如流，我大可能泪流满面。为了表达这种深情，我又去取了一次，这一餐我几乎只吃了这一道菜。菜是用高汤做的，能吃出深厚的味水。高汤就像是文章的质地，一眼能看出来，读的时候会更加深刻。青菜如果炒得寡淡是很难看的。所以人们说面如菜色。如果硬是用火攻，将菜焖得发黄就更令人不快。只有高汤不动声色地参与，平淡中才有奇迹。青菜好些品种是不易烂的。芋头子糯烂一点，芋头婆一般的品种似乎也不易烧烂。邻县兴化或者荔浦芋头据说很好，但不能轻易得食。我们能吃的菜多是日常一样平庸的食物。把平庸的东西整得有声有色了才有意思，写作也是这样的。大肉或者大材料往往会淹没创作者的才华。

小时候见长辈像藏宝一样将块根的种子埋在土里，其中有萝卜、山芋或者芋头。用塑料纸包好，埋在某棵树旁，来年做种或者青黄不接的时候吃。芋头可不讨喜欢，它有一种令人发痒的黏液。母亲用筷子的棱角去芋头皮，而后用碱水不断洗手。芋头新出的时候才秋天，是收稻子的时候。月亮亮堂堂的，敬月亮的"供品"就有这么一种。不过其实是人敬供自己的肚皮。农村的人们实在会安慰自己，用节日的名义把许多好东西聚在一起，又怕人抱怨奢侈，才说是给月亮公公吃的——最后全部进了自己的肚皮。芋头烧肉当然不可多得。我吃过一次，肉的油腻把芋头鼓动得太糯烂，腻得不可接受了也不好。做菜的各种材料和写文章的资料一样，相互是配合和融入，而不是一味相互鼓动。喜悦过了头，就让人觉得腻味，实在不可取。所以我喜欢母亲做的芋头烧扁豆。她并不是有我日后自以为是的理解，纯粹只是因为贫穷而无可奈何。世上有许多美好都是逼出来的，并不总是理所应当的高明。

我想芋头烧扁豆的做法也并没有什么高明的配伍，更多的只是一种相遇。只是它们的果实恰好在同样的时节出现了，所以就搭配在一起。那种油紫的扁豆，长在藤上的时候就看得出一种心满意足。那种颜色几乎要滴下来，简直是失真了。母亲并不管这些，村庄里所有的母亲都不在乎这些。而我对此却了如指掌。她们心里想的是"巧妇难为无米之炊"的日子。芋头烧扁豆几乎是每一家桌上的菜品。如果不是墙隔着，那村庄一定会被这种味道统治了。这道菜也有传神之笔：起锅的时候撒一把蒜花。也就是说，这道菜是要等新蒜出来的。老蒜也不行。必须是新出的。

蒜叶老了，芋头就和青菜烧。青菜出了，就不用蒜叶。青菜烧芋头也是季节的相遇。高梗的小青菜，不是鸡毛菜，也不是老青菜。菜梗的青脆和芋头的软烂，是相得益彰的事情。如果有荤汤潜入，那就更是高妙无比了。当然，芋头水煮了味道也很不错，用糖蘸一下更是极好的。过去判断食物的标准，恐怕就是甜与不甜。日子也是这样的，都指望多些甜，少一些苦。人们吃芋头也有某些寓意，比如说吃芋头遇好人。这也是人们的美好心愿，都是苦日子逼出来的意境。

今天在城市的酒店里遇见这种朴素的菜，说明人们还记得或者乐于运用过去生活里依赖的说词和做法。

饥饿感和求知欲

现在的人大抵不太能体会饿的滋味。这自然是一件美好的事情。但在某些深刻的层面来讲，因为缺少带来的警惕和虔诚，也是一种宝贵的情绪。或者说，它可能成为一种建设力。这对于我们经历过穷困的孩子而言，是有深切体味的。

彼时没有太多的食物，更不用说有太多的书。我们能见的课本以外的书本，只有日历或者旧报纸。日历每天撕去一张，总是一副冷漠的面孔。上面关于吉凶的指示无人问津。至于印在上面的笑话实在也让人笑不出声。报纸是村干部的福利，尽管他们大多识不了多少字。当然，如果大喉咙的父亲喝多了站在大队门口喊一声，他们还是要匀一些给他的。这些报纸并不是用来读的——他连扁担大的字也一个都不认识。他和许多人一样，用它来糊墙，以此来掩饰生活的艰难。还有弹新棉花胎的时候，也用报纸包上。到现在家里仍有一床新棉胎未拆过，报纸的日期已经泛黄了。

我起先也不看那报纸，因为我对贫穷心知肚明。有一次我因为出天花被关在房间里，除了三餐吃开水泡饭就腌麻菜之外，实在无事可做，就看那些墙上的报纸，好像连广告都仔细琢磨过。我由此对报纸有了好感，也因此有了一种焦灼的感觉：我越发想了解报纸上所描写的，在我的村庄以外的世界。事实上，我当时也没有去过村庄以外的地方。我对于报纸上描述的事情,当然也像我认识的字一样有些将信将疑。不过一种强烈的渴望因此产生了。它甚至超过身体的饥饿给人带来的恐惧。

那时候,真是饿呀,哪有什么美味可言?如果你不动手,就可能无饭可食。父母似乎非但不害怕你饿死,倒好像觉得你是生活里的负担。不像别的父母,会扯着嗓子喊你回来吃饭。那时候每一餐都是需要艰难构思的,因为地里所出和米缸之所有确实令人心寒。

我有时候会在下午偷偷地吃一碗饭,这在乡下称为"晚茶"或"腰台"。冰凉的饭泡上冷韭菜汤是绝美的。我心里明白,吃了这一碗,晚上锅里就少了一口。但饥饿太折磨人了,我宁愿冒着被数落或者打骂的危险都要出此下策。这也让我对粮食有一种亲近和依赖。不管走到什么地方,有时候分明已经酒足饭饱,还要吃一碗饭,这样心里才觉得安生。用现在的话来说,不吃一碗米饭,就好像吃了顿"假饭"。

初中的时候,我在乡政府住了一段时间。那时候大姑父在乡里做宣传委员,他的宿舍让给我住读。他关照食堂师傅晚上给我带一口饭。那师傅大概看我寒酸并不理会,有时候稍迟一点就没饭吃。食堂有一道菜极好,就是铁锅烧的萝卜。其实,不用吃肉或者萝卜,就那卤子泡饭便可以了,或者闻到那味道就十分满足了。我日后做过很多次这道菜,但总是难以达到那种境界。为了细节上的一致,我甚至回乡,特地用黑猪肉,挖红萝卜,点土灶用大铁锅烧,但仍出不了那味。父亲望了望说:"你现在不饿了,哪里还会有那香味?"

我在乡政府住的时候,读遍了姑父堆在房间里的报纸,好像生怕日子不够用一样,以后也再没有这么认真地读过书报。后来,我回到这个地方也做过几年宣传委员——我一直想追问:当年那个烧肉的师傅去哪里了?

素汤的意境

青菜烧豆腐,下河人做成"半烧半烩",是汤也是菜。如果有水辣椒,可算是名菜了。青菜是四时都有的,豆腐有人来卖。很奇怪的是,做豆腐的人家里邋遢,可卖豆腐的女人都长得白——不知道是什么道理?进入腊月之后,各家就自己泡豆子去作坊做豆腐。盐卤点豆腐,一物降一物。豆腐挑回来养在水里,过一段时间要换水,和养鱼一样。所以平素才会买豆腐,买又说成"捧"豆腐。捧两块豆腐,有庄重的意味。花钱的事情总是要神圣的。青菜豆腐汤,因为豆腐有了生机,就不像素汤了。如果与萝卜片烧汤,有"雪白"色泽,更让生活有些失真。起锅时候撒点蒜花,就是往水里扔块石子,像水波不惊的生活有了一种确认。

这些算是体面的素汤。真正素到极致的,真是困难的,但也不缺少妙味。入夏后,父亲每天就烧冬瓜汤。不知道冬瓜如何这么容易长成,一眨眼似乎就长出一个来,浑身的粉刺卧在藤蔓里。冬瓜汤就像平淡无味的夏天一样令人焦躁。在稻子收获之前,村庄在炎热之中显得荒凉。我不敢多说一句话。不进门也能想象到每餐必有一碗冬瓜汤。海带是没有的,凡是花钱的事情都免谈。除了卖豆腐的,没有人来卖菜。除了买肉,也没有人去集市买菜。人们并非完全自给自足。冬瓜汤冷到下晚,咸鲜有了绝美的味道。我听父亲呼啦一口喝下时,能与他一起体会到一种快活的滋味。只有他可以为所欲为。他的为所欲为也是有限度的，并不能搬砖头砸天。

很奇怪，日后我生活改善，做冬瓜汤时心中也对放海带或者虾米有一种胆怯，也许我心里也已经生成了某种固定的意境。我后来复盘了许多素汤，这些今天在城市的厨房里非但没有被遗忘，而是一直被提起。一口素汤的意味，事实上一个地方的水土、草木以及时序，可是充满了温度和脾性的。比如韭菜丝瓜汤里浓郁的香气，比如苋菜豆米汤的古意，比如瓠子豆米汤的清甜，又比如咸菜汤的咸鲜，等等。

咸菜汤是值得大书特书的素汤。在下河的生活里，咸菜有不同时节相应的做法，大抵有春咸菜和大咸菜。麻菜或者青菜切细腌制至熟。熟的程度，可能酸乃至臭才见佳境。这样的咸菜做汤，有一股古怪的味道。它不是品味，而是回味，必是有童年经验的人才有可能喜悦。腌大菜在秋后冬初的时候，整棵菜在幽暗的坛子里像是重新生长。取一两棵切细段烧汤，洋溢的酸臭味最为重要。

汪曾祺写过咸菜慈姑汤，表现的是思乡之情。有家不能归显然不是快活的情绪。所以过去的事情都有独特的意境，但不能说是美好的，可又一定是可靠的。这种论点可能至少对于村庄里出来的人是成立的。

读书人的险情

读书，有时候是一件充满险情的事情。

危险有显性的，也有隐性的。苗头性的问题，特别是内心的问题大抵是隐性的。比如一个人说他头疼，那么你貌似直接面对事实，但究竟如何是很难评估的。这就属于一种"险情"。对于读书的人而言，类似于这种难以真正评估判读的表达，比如"幻觉"，也是一种险情。

天下读书的人以及读书人多矣，幻觉造成的隐情可想而知。因为"一千个人眼里有一千个哈姆雷特"这个论断被广泛地承认，幻觉某种程度上也借以被认可甚至大行其道。比如有些人抓起书来就读，读完了就狠狠地谈自己的感受，这就是首先"自己感动了自己"，所谓对错本身就被忽略，表达的重点则是"我以为"，这就常常会成为一种基于幻觉的感觉。

做饭的人也有这种自信，这种自信也很有可能异化为幻觉。锅里的酸甜苦辣咸一定是有总体标准的，但不同的地域以及具体到不同的人，对于味道的认知和取舍也是不同的。就是在一个家庭的内部，或者一个人经历的内部也可能会有变化。比如，汪曾祺先生原本是不吃苦瓜的，后来又能吃得很有感触。他在《人间滋味》中说："我曾经吹牛，说没有我不吃的东西。他请我到一个小饭馆吃饭，要了三个菜：凉拌苦瓜、炒苦瓜、苦瓜汤！我咬咬牙，全吃了。从此，我就吃苦瓜了。"他对于苦瓜的认识以及接受实际上就完全是一种自我的感观。对于味道而言，这种自我的感观非常重要，但也要时时保持警惕。因为过于自我的感知和表达，可能就会形成幻觉：同样一个人在不同的时候对于同样的食物感受可能也是不一样的。

汪先生到底是智慧的，他在《做饭》中说："有些东西，自己尽可不吃，但不要反对旁人吃，不要以为自己不吃的东西，谁吃，就是岂有此理。"

从厨房回到书房，其实也是这个道理。一个人读书的习惯和认识很多时候是自己的事情，但也是关乎公众人心的事情。你内心怎么想怎么做是自己的事情，但是你对外怎么说以及要求别人怎么做则是需要警惕的事情，特别是你占据着某种位置或者掌握着某种判断权柄的时候。比如你是一位老师，或者是一位有些固有影响力的人，你对读书的态度就非常重要。因为在"你说"之后，还有很多"听你说"的受众要受到你的影响。你做的菜如果只是自己果腹或者充饥便罢，但如果要家里人吃或者飨客，那就不能由着性子来做。比如孩子并不一定喜欢吃辣，女人可能并不喜欢吃油腻的，老人可能更喜欢菜蔬，等等，并不能完全由着你的兴致来。

说到底，读书和做饭有一种大概通用的道理，那就是"服从大多数原则"——如果再说得直白一点，那就是真善美，食材要真好，方法要良善，味道要美好，断不能由着你自以为是的幻觉——这个和读书是一样的道理，要自信但万不能自我。

砧板上的风景

砧板是菜蔬的"刑场",也是它们的重生之地。

土地给了食物生命,砧板要了它们的命,以生存的名义交给了生活。我常常说理菜是无比解压的,对于个人而言,它的疗效是超过读书的。一个以读书写书为生计的人,书本是手段和目的,却独独缺少了本有的诗意。这是矫情的话,也是真情的话。我们常常买一堆书回来,其实在挑选的过程中,那种拥有的快乐就已经结束了,很多时候这一堆书极有可能就是被永远"打入冷宫"。

我们今天遇见的书就像遇见的食物一样丰富,丰富得我们不再去珍惜。所以过去的人讲"书非借不能读也"是有道理的。但食物不一样,食物是不能借来的。较之于劳心的读书,砧板上的事情更多是劳力——劳力好,不用再去费什么心思,只要简单机械地工作就好了,这样的过程无比简单而幸福。我们常常会有这样的担心:那些永远靠着体力生活的人,他们心里到底有没有我们所讲的光明?其实,这是多虑的事情。比如一个人力车夫,他每天靠着手脚奔波讨个生计,晚上累了买些便宜的酒食吃了呼呼睡去——他们心里有梦想,哪怕是烦恼吗?这些其实只是读书人的烦恼,对于体力劳动者而言,他们的情绪已经被汗水稀释,他们喝酒吃肉的时候也并不会想到快乐或者不安,他们不用看上司的脸色,也想不到民间的疾苦——他们快活的根本正是懂得放下任何心思。

砧板上的劳动是个实在的体力活，改刀是需要力气、耐心和技术的事情。比如切肉，就算是砧板上的大事件。现在的机器也很便利，块、片、丝、丁、末都是可以通过按键操作而得到的。但这终究是没有"灵魂"的事情。食物在砧板上，必须要用力量与技巧与之对抗，体现出你的细心和耐心，你才能理解食物的脉络和路数，你才算是和菜打交道了。淮扬菜讲究刀工，并不只是单纯的"炫技"，是师傅们通过刀具在砧板与食材的较量与交流，这个过程就像是"不动笔墨不读书"，不然就只是看图识字的小儿科。汪曾祺先生在讲"干丝"时候这样说："干丝。这是淮扬菜，旧只有烫干丝，大白豆腐干片为薄片（刀工好的师傅，一块豆腐干能片十六片），再切为细丝。酱油、醋、香油调好备用。干丝用开水烫后，上放青蒜米、姜丝（要嫩姜，切极细），将调料淋下，即得。"这里面所有的动词，既是动作，也实在是一种演艺。

　　我们常有一种切身的感受，做饭的人很欣赏别人的品尝，自己吃起来却常常十分简省和轻松。这并非只是做饭的人闻够了油香，而是从理菜到砧板再到锅中及至装盘上桌，做饭的人已经享受了无比的乐趣。这是懂得做菜的人才能有的快活。

　　当然，砧板上的风景也有危险，刀光剑影的杀戮也切切防止自伤，这也是做菜与做人之要。

下编　面与城

一碗面条的准确性

外地的先生嘱咐我带点高邮面条——其实要得好，最好作料和水也带上，那样的味水才是准确的。这可不是妄言，据说广陵城里也有高邮面馆，每天早上出租车带去面和水。而金陵城里的高邮面馆，居然排在热门面馆的前列，下面的不过是去伴读的学生家长，是一座小城里味道的日常。

高邮面条又叫水面，讲究的也是水和面，玩的正是味水的准确性。"准确"这个词比"科学"模糊，但是"科学"显得毫无人情，到底不适宜形容食物；"准确"又比"好吃"这个词神秘而内容丰富，后者显得太过简陋。什么样的美食似乎都可以冠之以"好吃"的，就好比那轻佻的女子空洞地赞美了一声"哇"，至于"哇"什么就不得而知了。"准确"说明一碗面条技艺、味水和气息上的某种境界，它既不神秘但也不简单，是语词形容不出的准确。

高邮的面是碱水细面，这比干枯直白的挂面有味，比安徽那种粗面口感好，还比西北的裤带面多点灵巧。当然，面各是各的滋味，这种比较也只能在高邮的面碗里自豪，出了门去，人家也鄙夷你这碗汤水里的单薄——说到底，吃食的特色是一种文化认同、文化自信，甚至是文化迷信。没有这点自信，那"牌子"就站不起来了。当然，鄙人也游走过些地方，特别垂涎面碗中的热气，但像高邮面条认同度这么高的，却也是一种比较特殊的情况。

　　国人的吃食，也就是所谓的"美食"，其实重在于美，而大多轻于食。较之于饱暖和营养，我们更在乎的是形式，以及附着在形式上的欲望。这种欲望是满足、虚荣，甚至浮夸，给了"人间不值得"的世界以口舌上的慰藉。口舌正是人间抵达心腹的通道，酸甜苦辣百味莫不由此通过。因此，一碗面条的灵魂当然是在汤水中的味道，准确与否便在此一处。高邮的面条讲究的是"酱油汤"，这好像是再简单不过的事情，而秘境往往就寓藏在简单之中。酱油汤不是酱油，是放生姜作料熬制过的，捞取之后酱油就不再是酱油本身了——就像是一个读了点书的人，皮囊看来还是如旧，可是到底有了些灵魂上的意趣。究竟放什么作料熬制，一般人家都是秘而不宣的。这就让"准确"显得非常的神秘，心理上也给人一种预设和期待。更为讲究的"准确"，据说一定要用"运河牌"酱油，不知道现在是不是还有这个厂家存在，但这种神秘的说法是笃定的。陈小五家的面在外知名度大，其实吴小六家的味道也很正宗，还有红灯笼早茶馆的面条，这几碗面汤大概算得上高邮面条的"前三甲"。至于排名前后究竟如何，在据说有两百多家面馆的高邮，确实是难以"争座位"的。

　　但无论如何，这些人家的面汤一定是"准确"的，不"准确"的味道高邮人一口就能尝出来。比如体育馆门口的几家早茶中，只有一家味道是对的，你从门口人群多寡一眼就能看出来。一锅汤水里的世态人情岂不也很明了，"站队"这个词在人间即便是饱腹之事也是泾渭分明的。酱油汤之外还有几样：一是胡椒，二是虾籽，三是猪油。胡椒也有假的，据说有用辣椒粉冒充的，分辨也并不艰难。据说这种作料在唐朝是通货，是财富多少的象征；在高邮的面碗里，是味道准确与否的一种指标。虾籽是高邮湖的水产，鲜味在被阳光锁定之后，在一碗面里获得新生，绽放得淋漓尽致。至于猪油，更是以一种侵略性的香气成为面汤

"准确"性中的独特性。现在有人吃面总要貌似很懂健康地说"素油",这种吃法就不得要领了——吃素油,你还吃什么高邮面条,这是天大的不"准确"。除此之外,还有蒜泥、葱花和蒜叶三种不同的选择,蒜泥馥郁芬芳,蒜叶有季节的香味,葱花有本色的香气,但若节气不对,味道也是非常难以达到"准确"的。又有矫情的人士害怕"荤味"坏了形象——那也罢了,你去吃泡面就是了。

高邮的面店把锅支在门口,热腾腾的水汽就像是开门见山的广告词,也是直抒胸臆的比喻句,当然更是人间冷暖的集散处。一般人家用一种便宜的瓷钵,用了多少年已经伤痕累累——伤痕不是病痛,是岁月的包浆,其中已经浸入了下面师傅信手拈来的味道。十几碗作料一起放好,空碗漂浮在滚开的水面。融化的猪油和各式的作料一起在温度中绽放与融合,这也是一碗面条"准确"的开始。如果只是味道的叠加而没有融合的话,就没有那种模糊而又清晰的高邮味道。有人似乎问过,下面人究竟有什么样的比例造就了这种美味?下面人笑而不语,生计的秘密哪里能够轻易示人?其实他们也是说不出来,这种味道其实不在心里,而是在手上——他手上是"有数"的,多与少已经是一种神秘的经验,没有科学的指标可言,但一定是手到擒来的准确。所以,即便你严格地去执行这些规程,依旧得不到这种手上长出来老茧一样的经验,这就是一碗面书写不出来的"准确"。

一碗面就是一碗面,不需要什么高汤,也不会掺杂什么富丽堂皇的食材,就连"阳春面"这样有些雅致的名字也不用,当地人就叫作"光面"。光面就是什么也没有的面,但最简单的面能让人念念不忘,这就让一碗面的记忆有了哲学色彩。也有人吃面佐以高汤,但那是另外一回事。一碗面外加一份鱼汤或者腰花汤也未尝不可,但这与一碗"光面"本身是没有关系的。鱼汤或者腰花汤让"准确"的鲜味之余有了些丰富,也没有打扰面的"准确",比如福星面馆腰花汤可算是一绝。

但你如果一早去只吃一碗腰花汤，总是让人觉得有些奇怪。所以，一碗面既是一种由头，更是一种主宰。面有汤面和干拌之分，带汤的面软糯，干拌的面筋道。吃的时候也有准确的做法，那就是一定要"风卷残云"地干掉，否则就会"越吃越多"而越发没有兴致。吃完面，空碗搁在一边，喝一碗靓汤，那空荡的碗里残余的味道就是一个早晨最完美的实证。

　　面条"准确"的味道，多在老城老人的手上。他们舍得与时间周旋，一碗酱油汤熬的是耐心，一坨猪脂油讲的是用心，而指间抖动的不可计量的"有数"，是一座城市的早晨最为动人的"准确性"。

来自南角墩的面条

周末，在城西一家老火锅店中涮火锅，酣畅淋漓之余听人们唇枪舌剑的争论，这种快活是不可名状的。店名叫老重庆，和另外一家川王据说同源。这两个名字都非本乡所有，像两个外地人站在街头。但店竟然开了几十年，陈设和味水都不变，一如每日流水般的客人一样，这在本地的铺子里算是一个异数。对淮扬菜一样中和的下河人而言，任凭火锅味道侵略性再强，也不过两三年红火的光景，只这两家算特例。这家有几样特别：不断货的咸排、现杀的鳝段，以及末了一碗冷粥就萝卜干。

这大概就是一家苍蝇馆子的秘境。不然，就那满是油污的桌布和昏暗的包间里，到底有什么令人眷念呢？如果非说还有，那就是几个心气相投的人，不论长幼贵贱，端起杯子、吃肉吹牛骂人的快活，恐怕也是男人心里最难舍的地方。在这个运河边的城市，吃大概也是最被重视的话题。一个地方安闲懒散便容易出食客和书写者，哪怕一碗面也被说得神乎其神。先是我们自己这么说，说久了客人们也客气起来，帮我们说。比如毕飞宇就在小城的随园饭店留下"面条最好"四个字，以至于现在见了外人，听说是高邮人，就总这样讲：你们那个地方的酱油面好——这几乎要比双黄蛋的名气还要大。

还有外地的老饕写了文章，说高邮是一座被早茶拯救的城市。我来城市谋生十五年矣，光阴二字指间流淌而去，白发标记的中年之境难说全是不安，但竟然却越来越依赖出发之地的村庄。一个人和一碗食物一样是需要归宿的。没有故乡的食物和人一样彷徨。就像这晚所在的火锅店，其实它有自己味道的故乡，这样一切才是成立的。桌上又有人说起面条来，一个老城的人说北门有家面馆，开了四十三年，老家是东角墩的。我知道人家这样说是因为我乃南角墩人，这样的话题会让人感觉热络。我当时便心生疑窦——他们讲这家叫学亮饺面店的女老板姓冯。东角墩和我的村庄相去不远，但那个村庄里的很多人自认是秦观的后代，那里乃秦姓聚集的地方，南角墩上我所在的生产队才是冯姓聚集之地。

第二天早上，我便步行去城北吃面，像是回自己的村庄一样急切与虔诚。

进门的时候，老板娘正忙着下面。老人胖得也并不累赘，倒显出城里人的一种富态。我见她面容亲切，便直问：你是东角墩的？听此她从面汤锅前转脸过来，笃定地回道：我是南角墩的。这让我很是震惊，连忙也告诉她我是同村人。我在南角墩也有四十年生活，竟然从来没有听说过她——之前的疑窦其实也是模糊的。我努力回忆说了几个老人的名字，终于才有了她熟悉的人。她说自己离开南角墩四十多年了，好些事情也不记得了。她又说自己叫冯恒香，我瞥见那二维码上是"冯垣香"，"恒"的字辈我熟悉，"垣"是别字。

我到面店早市忙时已经过去，经我这一说，她便打开了话匣子。一旁帮忙的男人也与我攀谈起来，几句一听便知是她的丈夫。学亮正是她丈夫的名字，他姓陆，本是老城里街上人，当年下放去南角墩的。见了同村人，她就讲起身世来：当年她父亲早逝，她领着六岁、八岁以及十二岁的弟弟妹妹们，日子一下子就陷入了绝境。她对母亲说：自己要把这日子团起来——她其实是怕母亲远走，而邻居们似乎已经笃定了这日子是过不下去。于是她便进城摆摊下面，开始打游击一样游走，最后有了门面苦了钱，把弟弟妹妹养大了。真是南角墩的俗话：活人嘴里不会长青草，太阳总要打我门口过。

攀谈时忘记了关照面的多少。我是不吃硬面的，吃的量也少，否则午饭时不香。在高邮，吃面更像一种仪式感——做生活不如人，吃起来一头盆，那是勒着眼睛的夯货。平素你往熟悉的面店的汤锅面前一站，下面的师傅就知道：干拌，面少，养一下，拖点汤，水蛋一个。若非周末，还会细心地问：要不要蒜泥——人们也都晓得上班人早上吃不了蒜泥，用葱花最好。大概因为同乡之故，冯恒香抓了一大把面下锅，我心里便暗叫不好，但又不至于矫情怪罪——原本计划来吃的肉丝浇头便不提。听说她家的肉丝面是好的。但不管什么味道，面是不能多的，这大概是个普遍认可的"规矩"。

面出水上来，连忙用筷子拌，到底是"堆尖"一碗。那一瞬似又无比温暖，就像是村里邻居家大妈递过来的一碗面。南角墩是很少吃面的，饭不够或者突然有亲戚上门，便下碗面打个鸡蛋。眼前这碗面确实多，任我风卷残云也觉得艰难。但就像在亲戚家吃饭，多了也只能埋头吃完，否则不恭，却忘了究竟有什么细致的味水。

放下碗筷又谈了几句。她的丈夫也健谈，说起几十年一路走来的事情。四十三年，在别人嘴里说的似乎轻描淡写，其实比我的年龄还长。加上他们的酸甜苦辣，这碗面的滋味是不容易的。现在他们在"北头"（这里人称城北地段为"北头"，最北面为"贴得北头"）一代算是老人，许多掌故他们都了如指掌。就像一口面下得时间长了，味水也就稳定了，故乡带来的味道就是她站得住脚的滋味。

出门的时候要付钱，她一把拉着不让扫码。我还是争着付了钱，这种场景实在也像村里因礼数而起的热闹争执。这一幕让一碗面顿时有了乡愁的味道，哪怕南角墩只是在二三十里之外。这碗面日后来细细吃，有老家在就像风筝还扯着线，跑不掉的。

人民桥西饺面店

人民桥在大淖南首水上。高邮人真是幸福，就生活在小说一般的情致里。汪曾祺在《大淖记事》中写道：

> 有一回，叔公听见卖饺面的挑着担子，敲着竹梆走来，他又来劲了："你们敢不敢到淖里洗个澡？——敢，我一个人输你们两碗饺面！"——"真的？"——"真的！"——"好！"几个媳妇脱了衣服跳到淖里扑通扑通洗了一会儿。爬上岸就大声喊叫："下面！"

我听说南角墩出走的冯恒香四十年前是挑着担子卖饺面的。汪曾祺写的是一百年前也有人挑着担子卖饺面，这口吃食看来是远不止一百年的。人民桥大概是因路得名，桥上北去便是大淖。人民路也就是原来的东大街，东去过马路便是苏东坡来此雅集的文游台，西去不远处就是汪曾祺先生的故居。过去是没有人民路这个地名的，现在又改回了东大街的名字，这倒是没有什么——天下哪里的路都是人民的路。

人民桥并没有什么特色，就像一只普通的鞋子，但若是没有鞋，路便难行。过桥往西几步，路北朝南便是一家面店。没有店招幌子，门面的大灶上氤氲的水汽便是最好的招徕。这种情势在高邮的面店中是常态，大铁锅支在门口，天热的时候透气，天凉的日子暖和。汤水上的雾气便是那一口人家的烟火，也是高邮面条最好的广告词。

面店锅边下面的老妇人腰背弯曲，是一直以来弯腰透过水汽追究面汤所致吧，可谁不是如此向生活低头呢。六十七岁的老人姓林，三十多岁之前做些售卖水果的小生意，后来便在此开店下面条。问她经营有多少年，又问她是不是一直下面，她似乎有些无奈地说：除了下面，还能干什么呢——这碗烟火对她而言并非美味，而是无奈的生计。

因为是在东大街，便要点饺面才有意思。饺面是馄饨和面各半，用的是蓝花的海碗，这正有传统的意境。饺面的吃法早也如此，汪曾祺在散文《吴大和尚和七拳半》中讲：

> 原来，我们那里饺面店卖的面是"跳面"。在墙上挖个洞，将木杠插在洞内，下置面案，木杠压在和得极硬的一大块面上，人坐在木杠上，反复压这一块面。因为压面时要一步一跳，所以叫作"跳面"。"跳面"可以切得极细极薄，下锅不浑汤，吃起来有韧劲而又甚柔软。汤料只有虾子、熟猪油、酱油、葱花，但是很鲜。如不加汤，只将面下在作料里，谓之"干拌"，尤美。我们把馄饨叫作饺子。吴家也卖饺子，但更多的人去，都是吃"饺面"，即一半馄饨，一半面。我记得四十余年前吴大和尚家的饺面是120文一碗，即12个当十铜元。

现在的高邮面店里，"跳面"手法已不存，这听起来是一种讲究但也烦琐的做法。现在的面店用碱水细面。这好像也是高邮特有的，至少说高邮的水面味水有别于其他。高邮人到他乡做面店生意，面是要一早趁着出租车带去的，更有夸张的说法连水也是单独运去的。这话多少有些"水分"，但高邮的面条味道确实独特——细腻、爽滑、清甜。馄饨也并非特别的吃食，城里也有几家味道做得更好的，放之扬州城都有些名气。人民桥这家的馄饨也不突出,然而在这里吃饺面似乎有特别的意味——似乎这碗面食还是一百年前的味道,没有过一丝改变,这才可能是一家面店或者一碗面站得住脚的精神意蕴所在。没有这种场景,一碗普通的吃食很难脱颖而出。

往年,李野墨先生、张浩先生一行为制作《受戒》的广播剧曾在小城住过月余,大街小巷走过不少,单对这家没有招牌的面店情有独钟。热门的面馆也去过,但似乎只有这东大街上的烟火才有道理。店里最好的是青菜面。一般意义上的高邮面条是酱油面,也就是只有作料的"光面",不知道为什么又得"阳春面"的好名字。青菜面多用白汤,面与青菜沉浮于水中。青菜面又多用粗面,事实上细面口感更好,粗面多少是有些隔膜的。出锅后挑上榨菜丝,加上土法的辣椒酱,碗里的色彩倒也丰富。一般人家用现成的袋装榨菜,多少是有些程式化的,所得便利却往往让人觉得诚意不够。讲究的人家是手切的榨菜丝,比涪陵来的袋装货更咸香,更让人心里踏实。本地的东西到底有些地头蛇的倔强。

吃青菜面实是要看时令的,愚以为冬末春初的时节才对。这些日子里的青菜正当时。鸡毛菜是显得太过轻浮了,下水之后就了无生气。那种四季常见的上海青也清爽,然而因为菜梗太固执的缘故,下水了还是显得有些格格不入,入嘴的口感也很是一般——这种菜还总是给人一种"工业化"的感觉,是大棚里生产出来的,不像外面菜地里的亲切。那"四月不老"的本地青菜最是贴切,经开水后糯而不烂,才是清口准确的味水。也有店家恐怕汤水寡淡的,之前熬了骨头做汤料,只要不至于油腻都是不错的。所以,一碗菜面很多时候还是有它自己的节令的。

天冷的时候,要碗青菜面,挑上咸香的辣椒酱,一直到榨菜嚼完吐出老筋,汤水下肚碗中见底,只剩下星星点点残余的虾籽末和胡椒粒,一摸脑门上的热气,那才是令人熨帖的事——这在他乡可能是难有的体验,可这对外人恐怕也是说不清楚的味道秘密。

面条的面子问题

我之前至少三次听说过彩霞面馆的名气。第一次是在两年前写《一碗面条的准确性》时，有读者"小乔"留言：南海的彩霞面馆应该进入前三甲。第二次是在一个水果店里，听人说南海的彩霞面馆全城第一，还不接受反驳。第三次是最近一次与医生朋友的宴聚上，有位兄台说偶然又提到这家面馆，并提到了老板娘的称呼是"小车逻"。

那么老板娘当然是车逻人。车逻是个地名，是高邮与江都接壤的地方，运河边的小镇。传说是因为秦王车驾巡逻至此故而得名——这真是要面子的话。民间总是喜欢把自家的事情和皇帝联系起来，特别是秦始皇、李世民以及乾隆的传说尤多（好像阳春面也和乾隆皇帝有关）。这虽然是一种不好的风气，但也没有什么实在的危害。

这一回，咱得说说一碗面条的面子问题。

彩霞面店老板娘本姓张，面店开了二十二年。这爿店原来开在老电厂东面的巷子里，开了两年就转给了在店里帮忙的张彩霞。她的下面技艺是从这个店里学来的。她原来在棉纺厂上班，有了小孩子后为了生活得更好点就到了面馆。她的面当然也还是重视酱油和荤油熬制的，这也是高邮面味道独特的根本。她讲每天要下一百多斤面，这个数量是可观的。如果算二两面一碗，一早的食客就有大几百人。当然这在高邮的面馆也不能算"之最"。早上去彩霞面馆吃面是有些拥挤的，特别是上班前高峰的时候，氤氲着水汽的面馆满是嘈杂。过去人说一家店铺生意好，便说"人头上接钱"——现在用现金的少了，接钱也是不多的事情了，但各样的嘈杂还是有的，这就热闹了。

周末的时候，一早人反而会少一点，人们还没有出门。偶得闲暇的老板会对人说："你看看，我哪天会这时候闲下来的？"这当然是句很有面子的话。

城里人好像大多养成了不做早饭的习惯。上街吃碗面确实是省事的，不必一早起来叮叮当当地忙活。早上的时间总是要宝贵一点的。如果再深究一点，这是有利于建设节约型社会的，不必每户人家再各起炉灶。大家都说，城里人百分之八十是在面店吃早饭的。这种估算也并不是完全没有依据。街上的事情往往总是人多，人多就有意思——门可罗雀的话，人们就要怀疑起来，这家面店是没有人来的，那生计就只能像寡淡的清汤了。

张彩霞围着锅转，食客们围着师傅转。

生人来，自己关照：

干拌一碗加水蛋。

宽汤。多放些胡椒。

面头少些，硬点。

……

千人一面的高邮面条，其实也有各种不同的要求。没有一碗面是相同的。各自记得要求，然而一个人每一天要求也不一样。有无，多少，迟早，快慢便带来不同的秘境。神奇的是，张彩霞能记得大多数食客的要求：

不要蒜泥，蛋炸老一点。

白汤，吃葱花蛋。

不要胡椒，光面，面养一下。

青菜面，溏心蛋。

……

一锅十几碗面，面对的就是一拨十几个人。如果来人不主动说，那就一定是熟客。熟客只要往锅前一站，自己拿了筷子在面汤中烫一下，然后就等着面来。下面的人只要看看脸面，就知道吃什么样的面——除非今天有特别的交代。于是高邮俚语就有"王小二下面——看人兑汤"。

这是脸面上的人情世故，是一碗面的面子问题。

一个人，在外面的馆子吃面，店家知道自己的爱好口味，这当然是很亲切的事情，证明你在这个店里来的次数多，主人对你也特别重视。这在陌生人面前当然是很大的面子。对于老城里人来讲，这种面子格外重要。好像茶馆或者浴室的老主顾，跑堂的都知道你的爱好或者规矩——说到底这种面子是一种宾至如归的感觉。你不开口，店家就知道你的要求，俨然你就是主人一样。人们在城里生活了很久，地盘意识是很强烈的。他们虽然可能没有去过很远的地方，也或许对远方并不在意，但对于眼前脚下经营了一辈子的范围，是格外重视的——这里是他们的江山，他们是自己的王。

他们心里的界限感很明确，就是一碗面条的要求，与其他人是格格不入的，这就是莫大的尊严和规矩。他们过去还会鄙夷地说："乡下人……""乡下"两个字被鼻腔的气流夹得很怪异。这并算不得什么侮辱。其实人们只是在寻找一种以自我为中心的幻觉。这种幻觉让人很快活，也不见得是大坏。真的"乡下人"遇到这种情况，也并不自卑。而他们也有一种真正是暴露自卑的做派，也是为了自己的面子。彼时都是掏钱付账，总是颇有些仪式感。进城的人们好像生怕别人以为自己囊中羞涩，一碗面一块半钱却偏要把怀里的钞票都掏出来，这样说话的嗓门也大起来，有时候还会提出一些复杂而古怪的要求——那个时候一块五毛钱的面钱是小，那貌似阔绰的面子是大。这是一种微型的形式主义。

时至今日，这样的人还不少。进了一家面馆，大家心里都明白只是三块五一碗的生意，加了浇头最多十块八块的事情。但有些食客的派头却是无比的大，各样的要求不谈，还露出各种傲慢的面色——桌上要是有没有收的碗筷，立马就用像是皇帝的语气一样呵斥起来。这样的人也许在家中并没有这种快感，特地来外面找皇帝的感觉。这是十分令人生厌的事情，比那些质朴的炫耀还要低级得多。

碗里还有一种面子，那便是熟人间的事情。好些人颇有些人缘，才端了碗就有人给付了账，走的时候人家说一句：钱我把过了哦……

一碗三块五的光面，是面子上有光的大事。

面的分寸和温暖

杨君桌上提到周矮子面馆的时候，脸上可谓神采飞扬。他说周矮子家一直坚持做手工面，卖面的重庆人发不了他的财（听说百分之七十的面条都是重庆云阳人做的）。周矮子家做面用碱的尺度很有分寸——这就更让一碗面令人向往了。

我竟然觉得自己是意外发现周矮子面馆的。一开始，前期扫街的摄影师给了这个店的素材，但我并没有什么印象。后来食客们又在公众号里说这家面馆的阳春面好。我这才两次去珠湖路探访这家面馆——我现在才知道，这对我来说是不应该被忘记的一个旧地方。

店主人叫周宏顺，周矮子是他父亲周瑞禄的小名。周瑞禄原在饮服公司工作——这个"饮食服务总公司"和高邮面条以及餐饮界关系颇深，这是后话。周宏顺1956年出生在城里，他的父亲是本地张轩乡白马人。白马是老乡镇张轩最北面的村落，南角墩则在最南面。我们过去算是同乡人。

周宏顺每天手工做面，妻子李粉英站锅下面条。周家也卖面条，三块五一斤。不论高邮市面的阳春面什么价格，他家一碗面总是少五毛钱，每天能下一百碗左右。我刚进城工作的时候来过这家店，当时奇怪他家的面为何便宜——我后来错记为南面不远的李记面馆了。我问他关于用碱的奥秘，他说了一句颇有些哲理的话：这其实只在于人。这句话看起来朴实，但说出了人们对食物的深刻理解：美味在各人手上有不同的意境，在于个体的认识和实践——这像极了文学，同样的汉字造就了无数的意境。他并不说自己手艺玄妙，这其实也是一种分寸和自信：他的本事是学不来的，算不上神奇，但说出来旁人也学不会。

青蒜已经上市了。点一碗干拌，当然要猪油。手工面在汤水里多养一下不怕，入口爽利筋道。这筋道是手上的劲，是一个手艺人的分寸。李粉英说，明年来吃面就要远了，店要搬到大淖边上去了，这里房东要收回门面了。

这碗面对于我而言，还关乎着三十年的冷暖。

珠湖路我是很小就熟悉的。我以前说过自己十八年岁前没有离开过自己的城市，其实就是进城的机会也是不多的。母亲有个姐姐，是外婆堂姐的女儿，是我们家少有的城里亲戚。外婆家在离城里不远的阮湾村。她们这一辈的身世很复杂。她们俩都是从"堂"里抱回来的，都叫赵堂英。也不知道她们是不是亲姐妹。外婆的姐姐我们叫大外婆。大外婆的子孙们都颇有些出息，姨娘们至少也是嫁到城里的，不用种地。嫁到街上的姨娘我们就叫"街上姨娘"，她在国营的厂里上班，那个厂收鹅毛鸭毛。父亲邻队的干兄弟"麻大猪"经常央父亲去打听行情。

街上姨娘就住在珠湖路上，夫家姓高。我从小就记得他的名字——高家宝。他一脸慈和的笑容甚至有些失真。他的子女——我的姨兄妹们都遗传了这种慈和的笑容。按照道理讲，这家街上的亲戚似乎本也不会和南角墩的我们有什么来往。但父亲彼时倒也有些头脑，他总是去城里做点小生意——春天的时候，他去卖鸭蛋；夏天的时候，他背着瓜果去卖，最多的是那种瓠子；秋天的时候，他把新出的糯米带去换钱；冬天，他会把"荫"里捞出来的大鲫鱼弄去卖。他还会给高家带些自家杀的猪肉。

我并没有和父亲去过几次城里。到了姨娘家的时候，父亲忙着把带来售卖的鸭蛋放下来，姨娘忙着帮助和邻里推销兜售。父亲散养的鸭蛋很受欢迎。姨父便带着我去他家往南的店里吃面。他背着手在前面走，非常神气的样子。

现在我想起来，他带我吃的就是周矮子家的面。因为他家往南只有两家面店，我记得自己去的这家门是朝东的，且并不是路口那家。姨父给我下了面，他自己并不吃，只坐着看我——他又去隔壁拈了油条塞进我的面碗里，说这是最好的吃法。那面的味道很香，有浓重的蒜香味。但油条拌着吃味道很古怪。我后来就一直不喜欢这种吃法，我不知道为什么油条要拌面吃。汤水粘着油乎乎的油条真令人眩晕。

吃完之后我满嘴油腻。当时并没有现在面店里那种廉价的面纸。我觉得那时候什么都是干净和端庄的。现在很多面店里都有一种很不好的习惯：人们总是把擦嘴的面纸扔在地上。我觉得这比乡下孩子用袖口擦嘴还要显得自私和无理。当然，现在乡间如我们进城，也有这些自私的习惯，还是以前的人们懂得一些笨拙的克制。

吃完面回来，我就坐在父亲的摊位前帮着算账，也看着车水马龙的人们来来去去。以前珠湖路是很繁华的，这是我无法想象的事情。到了快做午饭的时候，父亲抓几个鸭蛋给姨娘下锅。她家做菜用炭炉，就在门口架着。她把鸭蛋打在碗里，切了极细致的葱花调拌起来，又填进去切得很细的青椒丝，倒在铝锅里用油煎，香味一下子就升腾起来。这是我吃过最香的鸭蛋做法。鸭蛋有腥臭味，除了腌制之外，竟然还有这种神奇的做法。这是我很早前对城市的一点好感。

高家吃饭的人很多，很热闹。我坐着很拘谨，四处看看屋内的陈设。屋子也并不十分大，往上还做了阁楼，要从木梯子爬上去，这一点比不了乡下的宽绰。但看来那时候他们的日子还是不错的，平素也经常接济我们。父亲每每遇见难题都会想到去找街上的姨父姨娘。那时候我大多穿的是街上姨娘家的旧衣服，那些衣服并不破烂，都是父亲如获至宝地背回来的。

我大概很少叫过高家宝姨父，因为他老城的口音很重，我觉得和他搭话很紧张。可我很尊重他，那些日子的过法也应该被尊重。我也经常想起那碗面条，那碗蒜花味水浓重的光面。

十六联拐角的旧味道

十六联是个古怪的地名。

这个名字一看字面很年轻,但是听起来似乎又很高古,像个读古书的老派先生。所谓十六联,便是第十六联合医院,也就是后来的城北医院,广义上也指周边地区。十六联还与汪曾祺的父亲汪菊生(字淡如)有关。乡人姚维儒在《话说竺家巷和竺家小巷》中提及:1952年蔡敬斋与汪淡如都加入十六联(第十六联合诊所),邻居、同仁的他们,又多了一个名称——同事。

蔡敬斋是本地的名医。汪菊生则是位眼科医生。高林桢在《汪菊生家世探究》中也记有这位老先生:解放前,曾在省立镇江医院眼科当医生;解放后,进高邮城镇第十六联合诊所工作,任眼科医生,直至1959年去世。

所以这街上无论如何出新,都有一种古旧的味道,因为旧事故人的传说还在。

李记面馆在十六联北路口西北角,朝向东南。招牌在雨棚上,字不显眼,但一眼就能看出是面馆——面锅、油条以及站着的食客就是最好的招徕。面馆里只有三张桌子,老人们坐着吃面聊天,上班的青年人站着吃完丢碗就走。

李家"青菜面"的做法据主人李兴说是高邮城里最早的。他在开面馆之前,其岳母在高邮饭店隔壁的钢窗厂边下面,那时候新创的青菜面就闻名遐迩。李兴是烟酒公司的下岗职工，后来接了岳母的生意来十六联开店下面。

一碗青菜面，做汤之前李兴会问放不放大椒酱。青菜面在其他面馆也不少见，但主动问要不要大椒酱的似乎只有他家。因为他的大椒酱好，有特色便有自信。他说别人家的大椒酱都是不熬的。熬制过的大椒酱有一层薄薄的油面，比一般店里的显得油润。大椒酱也是高邮面馆里一种重要的存在。这种大椒酱是本地所作，苏皖多地也有这种做法，比起外地的各种酱要咸香简洁。它虽说是酱，但并不到酱的程度，是"水辣椒"，比黏腻的外地酱要清新爽口得多。这是外地的味道无法比的。青菜面里挑点红彤彤的大椒酱，口舌间的刺激补充了青菜的寡淡。一瞬间身上又汗涔涔的，这在晚秋或在冬日清冷的日色里有无比惬意的感觉。

李家面馆还炸油条和韭菜盒子。这在东大街和珠湖路的交会点上简直是一道风景——向晚的时候人们是要排队来买的。现在炸油条的是李兴的妻子刘苏芹，但这手艺是李兴学来的。彼时他在烟酒公司上班，负责的是收酒瓶子，到了下午，手头事情少，就清闲很多，便去城门口摆摊子炸油条和韭菜盒子。他炸油条的时间比开面馆时间长，有三十年。这炸油条的手艺他又是和他的二爷爷李连宽学来的。李连宽是老街上人，曾与老革命者居寿桐有过交集，在《高邮文史资料》第三辑里，居寿桐署名文章《高邮城区的情报工作》中记录了这些往事：

> 高邮县的情报机构，是1942年开始建立的。但在这以前，我就奉命在高邮城区收集敌伪情报。开始，与何永丰、徐家宝、徐年、管念祖、姜宏庆等挂着苏鲁联军的牌子，在城郊农村活动。我在城乡广交朋友，不多久，就与土城口、牛缺咀以至北城门口那一带的人混熟了。大约1940年前后，王惠与徐来交待我以开店掩护情报活动，正好老吉升茶食店老板李虎托

我照看他的儿子李定宽，我就带着李定宽到马棚湾下坎塔院村开了个居同春香烟店，再利用李家父子的关系，来往于城乡之间搜集情报和传送信件。

因回忆文章内的事情发生在四十多年前，可能文内人物李虎是李虎臣之误，李定宽乃李连宽之误。老街上换了人间，旧容颜换了新面貌，但似乎人的秉性和气息又没有变。他们依旧那么安闲与自得，就连吃一碗面似乎还有那种老旧的气息。坐在李家的面店里点一碗青菜面——李兴说青菜面就要吃宽面，宽面才筋道，这是大家认定的道理。我是吃细面的人，但到这里还是要听主人的说法，还要听更多人早间端着面碗的说词。今天他们议论的是一个很吝啬的人，在座的只有我不知道这个人是谁。大家都在帮腔议论，有个中年女人的大嗓门中甚至是透着不屑和愤恨的。

"他把钱看得比磨盘还大！"

"他是钻到钱眼里去了！"

"我说他是脑子进水了。可是他又没有掉下河，脑子是怎么进水的？"

"视钱如命，命如狗屎！"

"人在世上花钱，不在地上花钱。"这是那个中年女人对这个我连男女都不知的吝啬鬼最终的判决。她觉得一个人要在世上把钱用了，不然用在地上——死了之后用在泥土里，是不值得的。她似乎又怕人们不解她的话音，又用网络上流行的说词进行了注解：钱只有花在自己手上才是你的。

他们依旧还要争论一番，然后明天还会来继续争论。我捞完了碗里最后的几根菜叶，抹了抹嘴，心满意足地离开了——当然，对他们而言，我这样的食客永远只是过客，而他们才是这些老店以及古旧老街上主人。

沉默的馄饨

高邮的北门大街已经在北门之外。

城墙，到底是并不永久坚固的。坚固的事物往往并不坚硬，比如干脆的面就没有潮软的面有韧劲，又如城墙的记忆就比城墙自身坚固。面里无形的水就是坚固的力量。后来北门修了瓮城遗址，也算是标注了某种界限。不过这种界限是有些局限性的，它至少缺少美学上的写意。这就是如今的城市发展面临的一个共同的弊病：缺乏留白的决心和等待的意志。整齐、崭新、规范这些词对生活美学而言是大敌。一碗平淡无奇的高邮面条恰恰就是因为众多的差异而没有被所谓的标准所自限与沦陷——你无论问哪一个店对哪一个环节都自有分寸。说不出所以然并非糊涂或者保守，是因为人们想要的事实并不在碗里，而是在下面人的手上。

古城依旧有我行我素的风神，尤以北门为盛。

有了新建的瓮城遗址之后，北门的意境就更明确了。沧桑的牌坊下一脚就能踏进清末民初的老高邮。牌坊的右首朝西的门面头家便是一家饺面馆。这家饺面馆无名无姓，但每次晚茶时分经过，总是宾客如云——桌子一直摆到了门外，还有客人要站着等位或站着吃完。当然，面店确实是不需要什么招牌的，面汤的水汽和门外的人气就够了。生活在这座城市，习惯了她的节奏和方式，其实是无须多少刻意的记录与研究的。若要真计较一下面店的名称，店堂里的营业执照上有正群小吃店的字样，登记的法人名为丁步群。这些食客们并不在意，主人自己也不在意。就好像是过去挑担卖饺面的人，不会与人计较什么称号或者名气，只是那一碗烟火就够了。名字还不如人的面色重要，人们记得主人的脸色比名字更为可靠和牢固——如果今天换了人站锅，一家店的食客心里就要犯嘀咕了。

手艺来源听说是女老板的，姓吴，本在高邮饭店工作，做饺面也有四十年历史。高邮的许多老字号的面馆，店主都有"高邮饭店"的标签，这就像是饺面手艺有了正规且名牌的学历。老板并不愿意接受所谓的采访，这个也是很有意味的。如果每个面店的滋味或者脸色都一样，那就没有任何意思了。拒绝有时候也是一种很有趣的角度。说到底人们只是为了吃一碗馄饨，为什么要追究出自谁手呢。后来又托几个人问了一下，甚至找到了女老板的哥哥。联系了依旧是那意思，有两条：一是我明年便退休不做了，二是我也不想出什么名。这真是令人有些敬仰起来，一个人有这样一点性情是有趣的。但她可能不知，我们多是慕名而来的，哪里能给这老店带来名气呢？这种沉默与倔强可能正是手艺人的品性，他们依靠的是沉默的手，而不仅是一张嘴。

现在这家没有招牌的饺面店，只下午做馄饨。下晚的时候排队的人就颇有些壮观的意思。店堂里的座位是不少的，但门外依旧要站许多等待的食客。来这里的老年人多，也许正是因为这是一口老味道。两个人忙着包馄饨，老板忙着站锅。十来碗一锅，老板安排得明明白白。有趣的是，每一锅出来老板自己挨桌收钱或者扫码，这也是特有的——高邮人说：一是一二是二，就这个规矩，并不多啰唆。来吃的人焦急地等待和议论着。一个外地口音的人带老人来吃，颇为自豪地说：这家的馄饨才正宗，馅心也是实在的，不放竹笋丁——高邮有好几家有名的面馆，馄饨是放竹笋丁的，这样的口感很有层次——但竟也有人认为这是噱头，是少了肉的分量——你看，这也都是各人的理解。

这家店里的馄饨馅心大，也是与店主性格一样，实诚。

北门的馄饨也非起于今时，这也是一碗老味道。老味道其实并非是最完美的，而是最笃定的。馅心、皮子、酱油、葱花、猪油、虾籽、胡椒、味精、盐或有高汤，这些好像都并不异常难得，然而一组合起来就有风云变幻般的神奇甚至诡谲——比如说有些人家的咸头明明重得不可描述，可是第二天依旧想起来这一口难得，这就是近乎"病态"的信任。

过去北门有挑担子卖馄饨的，非常有意境。汪曾祺在《晚饭花·三姊妹出嫁》中记得很完备：

> 秦老吉是个挑担子卖馄饨的。他的馄饨担子是全城独一份，他的馄饨也是全城独一份。
>
> 这副担子非常特别。一头是一个木柜，上面有七八个扁扁的抽屉；一头是安放在木柜里的烧松柴的小缸灶，上面支一口紫铜浅锅。铜锅分两格，一格是骨头汤，一格是下馄饨的清水。扁担不是套在两头的柜子上，而是打的时候就安在柜子上，和两个柜子成一体。扁担不是直的，是弯的，像一个罗锅桥。这副担子是楠木的，雕着花，细巧玲珑，很好看。这好像是《东京梦华录》时期的东西，李嵩笔下画出来的玩意儿。秦老吉老远地来了，他挑的不像是馄饨担子，倒好像挑着一件什么文物。这副担子不知道传了多少代了，因为材料结实，做工精细，到现在还很完好。
>
> 别人卖的馄饨只有一种，葱花水打猪肉馅。他的馄饨除了猪肉馅的，还有鸡肉馅的、螃蟹馅的，最讲究的是荠菜冬笋肉末馅的——这种肉馅不是用刀刃而是用刀背剁的！作料也特别

齐全，除了酱油、醋，还有花椒油、辣椒油、虾皮、紫菜、葱末、蒜泥、韭花、芹菜和本地人一般不吃的芫荽。馄饨分别放在几个抽屉里，作料敞放在外面，任凭顾客各按口味调配。

《三姊妹出嫁》中说是讲三姊妹的婚事，事实上除了讲馄饨营生之外，又讲了皮匠、剃头匠、卖糖等生计，倒像是现在流行的非物质文化遗产讲解。特别是最后，讲起了这碗人间烟火的归宿，突然又显得悲情起来：

……秦老吉心满意足，毫无遗憾。他只是有点发愁：他一朝撒手，谁来传下他的这副馄饨担子呢？
笃——笃笃，秦老吉还是挑着担子卖馄饨。
真格的，谁来继承他的这副古典的、南宋时期的、楠木的馄饨担子呢？

这是汪曾祺四十年前在文章里写的一百年前的事情，但这种情形在老城里也变得迫切起来。古老也必然意味着苍老，有些司空见惯的馆子有时悄无声息地就消失了，就像人也会默默地离去——这碗沉默的烟火不知道还能鼓荡多少年？

面店的十二时辰

我在柳记面馆吃过几年面条。那时候要送孩子到宝塔幼儿园上学，每天早晨就在金桥路沿途以及学校门口几家面店之间切换口味。后来女儿上小学了，不再去这些面店，但几个店的老板娘见了都会问：姐姐都长得很高了吧？这些面店多数都是一碗面的交易，但久而久之就像你自家的厨房。这些人本也是陌生人，但时间长了，你会突然明白：在城市里也有一种陪伴，是那些你身边的小吃小店。谈不上离不开它们，但确实也是有感情的——细想在城市里，我们在外的时间往往比在家里的时间更多一点。

柳记面馆本来是开在金桥路和海潮东路交叉口东南面的。门朝西的市口很好，周遭还有其他面店。早上带着孩子到了不用多言，一个眼神或者点点头，门口坐下来吃完就走。那时候吃干拌加小鱼汤，姐姐的汤面不要胡椒。这些柳老板都是知道的，不用提醒。彼时还没有微信，好多食客都留了老板娘的号码，来之前嘱咐一声：鱼汤留一碗。稍不留神，鱼汤就喝完了。一碗汤，一口面都是一个面店的重要细节，是店主起早贪黑摸出来的。

柳记面馆的老板柳加强、老板娘王梅，今年都五十岁了，他们是本县龙奔人。以前柳老板的父亲也在店里打下手，帮着煎鸡蛋，这也是一家面馆的重要角色。柳老板2013年从常州辞了工作回到高邮，一时间没有事情做。彼时他的叔叔在柳记面馆老店地段开饭店。饭店要转行，叔叔就开玩笑说让他开一家面店，于是他就学习着下起面条来。十年的面店，对于高邮城的面店来说确实不算老牌。但无论哪一家面店里，每一天都是紧锣密鼓地忙碌，这一点辛苦是一样的。

凌晨三点钟——冬天迟些三点半就要起床。到店就先熬鱼汤，后磨豆浆，做面调料碗。面店要用热水，先要烧十数瓶开水。过去烧煤炉各样手续更烦琐，现在用电方便了些。好些人吃面喜欢水蛋——打水蛋耗费时间，先要二三十个在热水里卧着。好些店里嫌水蛋麻烦，干脆不做。

早上五六点上客，夏天会更早一点。早市是一家面馆最闲不下来的时候。这时候不仅是柳记面馆，高邮城所有的面馆都是人们的餐厅——坐的、站的、等的、匆匆离开的，像定时的潮汐一波波来去。过去还要不停地收钱找钱，现在是一声声"微信收款""支付宝到账"，那是财源滚滚的喜悦时刻。

到十点左右清闲片刻，柳记面馆就准备客饭。到了新店店堂宽绰了些，柳家又做些简单的客饭。这其实并非他们贪心，现在面店生意大不如从前。面店现在多起来——大概十来年前我听说高邮有200多家面店，照现在的形势看是有增无减的。柳记面馆在市中心，比起那些住家的老店，房租又是一笔不小的支出——所以要见缝插针地做点生意。面店的客饭大多是过客或者打临工的来吃，也是给匆匆的脚步一点温暖和安慰。有一个女客人觉得韭菜炒鸡蛋好，连来吃了三天。

忙到下午一两点再收拾整理，休息一两个钟头，下午晚茶的馄饨就开始了。这一波要忙到天黑晚饭开始的时候，面店里的灯光才疲惫地亮起来。老板娘王梅也并非只是在店里打下手。一家店的营生有很多幕后的事情。比如说馄饨的馅心，就是费神的事情。过去都是送来的馅心，但品质不好。于是便要每天自己去买肉，看着人家把肉绞好了才放心。

从老店搬到现在的新店，柳记面馆又增加了腰花汤和长鱼面，这些街上也不少见，味道各有特色。令人记忆深刻的还是一碗鱼汤加干拌。鱼汤在锅里沸腾着，油面就像是浮萍一样被吹散，又像是鱼仍在水里冒着热气。鱼汤单独用碗，放盐、味精、胡椒和蒜叶。我喜欢自己多抓一把蒜叶，就着滚开的汤撒下去，密密麻麻的一层，真像是水塘里的水草漂浮着。这样的场景我小时是见惯了的，所以并不是什么高明的比喻。汤先冷着，干拌上来三下五除二卷下肚子里去，转身给小孩喂碗里的汤面，一边喝着鱼汤——那是一种通体舒泰的感觉。柳记的鱼汤很纯正，但他做汤碗有个习惯：用料过于豪放。这是久而久之的习惯。我曾经给他提过意见，但似乎并没有什么效果。

一个手艺人总是有点自己的坚持的。这是一种很有趣的现象，但凡是有点特点的手艺——比如面下得好或者书读得好，都会有些特别的脾气。这可能就是为了维系专业权威的执拗，是必不可少的。所以时间长了便不与他多争，见了其他食客有自己的想法与他辩解，我们倒是劝说起客人来。转身看见老板娘默默地笑笑，感觉这样的小店才是真实可靠的——我从来不以为星级酒店那些客气到谦卑的鞠躬是完全真诚的，那是过度的礼节，反而令人觉得异常陌生。

其实许多做小生意的都很要耐心。一碗面的生意，有些人是横挑鼻子竖挑眼的，计较起来令人沮丧。有些人想到的是自己的情绪，而一个下面的人要面对的是流水一般来去的且都带着不一样的情绪的人群。他们大抵只能微笑或者沉默面对。而日子就这样机械重复着——等下一个凌晨三点的时候，他们依旧要打着哈欠起来，日复一日地伺候自己选择的生活。

一尾游到心里的鱼

姜君一次在席上谈到吃面，说起了北门大街的一家鱼汤面馆。那家金大姐开的鱼汤面馆很多人都记得，可惜因为瓮城遗址的建设拆迁了。后来那碗面似乎消失了，地段整洁了，虽也令人流连忘返——但终没有一碗面令人牵挂。后来他又说："似乎长生路上的鱼汤面馆的味道倒是有点那种意思。"此话一说，熟悉老街上情况的人立马附和："那家鱼汤面后来正是开到了长生路上来了。"姜君不由得感慨叹息：这种味道是特别的，具体说不出来，但就是忘不掉。

看来，这条鱼是通过味蕾游到人心里了。

鱼米之乡的高邮，自然少不了鱼汤面。那些挂东台鱼汤面招牌的馆子，即便是从外地学来的真经，也显示不出自信——傍水而生的高邮城还差一碗上好的鱼汤吗？

这家鱼汤面店的老板是三十八岁的华涛。他同龄的妻子印丽君以及他六十四岁的母亲李光萍和他一起经营。鱼汤面的手艺是李光萍学来的。那位在北门开鱼汤面馆的金大姐是华涛的姨娘。金大姐的手艺是从高邮饭店学的，下岗之后就出来和同事开了鱼汤面店。北门老照相馆一带拆迁之后，这家面馆就搬到了现在的长生路上。搬迁之后，先是金大姐一个人开店，时而请李光萍来帮忙。后来金大姐年龄大了，就转给自己的女儿开，后又转手给李光萍。

这片店搬到长生路上也有近十年光阴了。

华涛本是做电脑营生的，妻子在金店工作，后来还在北海开过港式糖水铺子。李光萍接手面店之后，华涛和妻子来店里一起经营。做惯生意的他们，还是觉得这样自由些。面店由华涛站锅下面的原因也很有意思——李光萍是个左撇子，不大方便叉面。一家面店里站锅的是一个重要角色。对于讲究的客人来说，下面的手都不能换，换了似乎味水就不对。这就是一家面馆的秘境，是说不出标准的道理。但在食客的心里，一定有那种明确而具体的差别——所以下面这种营生要做好了一定是手艺，绝不可能是机械化的工艺。

一家鱼汤面馆，最重要的当然是鱼汤。

华涛家的面馆没有名字，就叫特色鱼汤面，这也是需要有些自信的。鱼汤主要的特色是用野生的鲫鱼熬成，绝不用鱼塘里面养的鱼——高邮人觉得塘里养的鱼有土腥味。对于鱼的这种判断决定了一碗鱼汤是否成立。这种味道也是明确而不容随意的。他们收来的活鱼就放在门口，客人看到时而会要求买一些回去。纯野生的鱼很受欢迎——高邮人吃野生的鱼肉，有一种好感叫作"瓣瓣的"，是说肉紧密而有明确的层次。买鱼还有一个重要的细节——之前他们都是让渔家杀好了，后来他们一直坚持自己处理。因为杀好的鱼不知道死活，也不能保证一口汤的绝对鲜美。

高邮湖禁捕之后，野生的鱼就少了。他们又央自己八十岁的爷爷每天去大运河二桥边上收鱼，那边有运河里的渔获但也不能持续，再后来就与三垛三阳河那里的渔民联系收购野生的鲫鱼。早上要熬鱼汤，三点半就要到店里。鱼汤大概要熬制两个小时左右，把汤全部装起来后做作料碗迎来早市，差不多要到中午十一点多才忙完。下午三点到七点是晚市，忙饿的人们或者晚上要去应酬的甚至只当是晚餐的也喜欢就便吃碗面。

华涛知道东台的鱼汤面很有名，便也赶去学习过。那里的面馆用花鲢或者杂鱼，熬制的汤虽奶白，但有腥味。所以他们家一直坚持用野生的鲫鱼。熬鱼汤的火候很重要，如果火候不到位的话，鱼汤上油面是散不掉的，就不会是奶白的。有客人开玩笑说：你家的鱼汤好，但今天可能熬得很好，明天就可能熬不好了——这可能并非技术不稳定，因为他家真正是每天现熬的，而技术有时候也有情绪的因素——关于美食的技术常常又更像是艺术。每天的味道都是一样的，反而令人生疑——是不是用了什么"标准"的手段。过去用煤炉的时候，火候温度时常不稳定。有时候炉子会封得很好，有时候会熄灭了要重来。熬出的鱼汤每天都是不一样的，这可能才是最标准的变化。

吃鱼汤面的人，还要有一口小咸菜很重要。面店里咸菜也是常见的角色。特色鱼汤面馆的咸菜是自家腌的。腌咸菜在高邮的寻常百姓家也都不是难事，各家的风味也是不一样的。有些咸菜清淡，有些则异常咸鲜。菜要到街上去收郊区农民卖的，更有要到乡下去买的。像他这样一家面店，一年要腌两千斤才够用。虽然是陪衬，但似乎有一碟咸菜，一碗鱼汤面才是完整的。咸得发齁的咸菜，不能用科学的目光去衡量它。那种味道并不完全是香，它有自己独特的气息。似乎香中也隐含着一种微微的臭味。这并不是腐败，是一种完整的味道。人们需要一碟咸菜并不是为了追求咸味，而是为了一种意境——这就像是很多人读小说，并不是为了知识或者事实，而可能只是为了一种似是而非的感觉。

浓汤里游动的面，面本身已经不重要，重要的是汤的味道。这与标准的高邮面条是有区别的——狭义的高邮面条当然就是酱油面。鱼汤面可能只是一种形式上的补充，也不是为了丰富多少营养。其实，人吃同样一种食物，环境和心境不一样，感觉也是不一样的。纯粹的高邮面条当然是站得住脚的。但有时人们清晨还宿醉，吃一碗奶白的汤水，夹杂着胡椒和葱蒜的刺激，能够重启味蕾。这倒也未必有什么实际的作用，但一个上午会变得无比的熨帖——这是说不清道理的事情。

是不是那碗著名的面？

一碗面也是有脸色的，这尤其像老街上的人。

老街老的并非是实际的内容。现在的古街区只是色调和肌理的苍老。内里的事实已经更新了许多。即便是坚守着一成不变的，对于眼下的世界来说，很多已经不值得一提。但老街还是有脸色的，这是一种情绪、方式以及格调。老城里的人就是这种脸色活生生的载体。这并不是虚浮的说法，是实实在在的——比如说面的口味，大多数准确的味道依然在老城区。同样的面店换了地方，尤其是搬到鲜亮华丽的地方去，味道居然就不同了。这是一种非常古怪的现象，但是它切切实实地存在着。

所以，很多人判定：新城难有一碗好面。

这话当然多是老城的人说的。他们总是一副傲慢的样子，用大拇指刮刮自己的鼻尖，似乎那鼻孔里冒出来的热气也是含着不屑的：吃面——还是要街上的，乡下人哪里学得会？这里的"街上"要带自豪的逻辑重音，还要读成音如"该上"，而"乡"和"学"两字说得要是从鼻孔里挤出来的古怪音色，以明显地区别于他们眼里乡下人的发音。这是一种标识，有些傲慢，也确实似乎有一点点道理。但说你是乡下人，也不要完全信他的高贵。可能进城也就三五十年的时间，突然学得几句街上话，竟然连老家话也说不全了。或者是那种所谓的老街上人，日子其实已经艰难甚至落魄，不过嘴上的快活是不能少的。一定要着重说明自己自以为不同的身份。

高邮的城东是新城。新城到底有没有像样的面店呢？

说没有当然是武断的，说有也是有问题的——所谓的像样，并非绝对意义上的好，而是老城人口舌认定的好。这是一种"慕古而非今"的偏颇认识。所以即便是住在新城的人，也会大抵认为：新开的面馆不及老城区的。

我是偶然遇到陈小七面馆的。这家面店离我住的地方并不远，但因为门店与道路护栏和绿化的阻隔，并不十分的显眼。我去过一次之后，老板娘就记得要求：干拌，面头少一点，养一下，放个水蛋。这是许多面店老板的本事。他们用心记得食客的要求，这让人有无比亲切的感觉。

她家的干拌面好。清爽、利索，咸的、麻的、香的或者自己加了大椒酱的，每一种味道和每一根面条一样分明。我乐意吃烂面，但绝不可以烂到面目全非而不能分离，不然是口感上的大敌。好的面条就是要糯烂到明亮但又绝对不会粘连而焦灼。有人吃干拌喜欢生一点，似乎熟透与干拌是矛盾的——其实这是考验面条的质量。面条熟透了而依旧筋道，这才是最合适的状态。

因为陈小七面馆在我上班的沿途，所以很长一段时间我就在此吃早饭。久而久之也就熟悉起来。知道她将面条、馄饨带了作料冷冻物流，便加了微信平素方便馈赠亲朋。陈小七家还有个愚以为最好的吃食，那就是冬春之交的荠菜大圆子。那时候的荠菜真是好，还长得懵懵懂懂的，那是一个鲜！一定是要那种近郊农民提着篮子来卖的。这时候的荠菜品相还有些畏缩，但是荠菜的异香很突出，比那大棚里长的不知好多少。长大的荠菜叶片开阔了之后，味道也会稀释——就像一个人长大了却不可喜了。高邮人和很多地方的人一样，元宵节是要吃汤圆的。这时候的荠菜圆子正是好。草木的清芬和颗粒感的肉馅，在黏糯的面食包裹中圆圆满满。这是一种很家常也很温暖的吃法，也是这家面店的一道特色。

陈小七面馆才开了三年，但她家的面味道很成熟。一度让人疑为高邮人津津乐道的经典味道。就连店名都颇有几分特殊的意味。我起初也想过：为什么叫陈小七，到底是不是那碗被认为高邮在外最著名的面条？

店主人叫黄琴，家在老城区的左家巷，原在本地的星级酒店做财务，今年四十五岁，老公是搞运输的个体户。后来黄琴学了手艺下起面来。她家的面条也是用酱油调料的。熬制酱油是大多数高邮面馆自家做的事情。黄琴店里熬酱油用虾籽、洋葱、蒜头以及香叶、醋，这些原料并没有什么难得。但每家的味道特别之处在于比例和火候。这是各人手上的理解，是真正的难得之处。陈小七饺面食材新鲜，她自述："我们一般是早上三点钟起床忙各种准备工作。其中重要的一件事就是到菜场去买肉，然后回来自己用绞肉机绞。接下来就是磨豆浆，我们的豆浆都是用自家的豆浆机磨。我老公喜欢钓鱼，我们家的鱼汤都是高邮湖的鱼。一般的有黑鱼，还有花鲢炖汤……我婆婆又帮我种了很多米葱、青蒜以及韭菜、青菜，还有亲手腌制的咸菜，就是那种野麻菜。还有窝头菜，炒出来非常鲜嫩。"

店名叫陈小七面馆，而店主人并不姓陈。人们都知道这个名字对于高邮面条意味着什么。那她的这碗面到底和陈家的味道有没有关系呢？这当然不只是一个噱头，不然的话我们大概也很难相信，在东城盐河边会有一碗味道这般成熟的面。黄琴自豪地说："其实陈小五是我的师傅。我的师傅特别好，她平时手把手地教我们，是非常用心的那种教。"

难得一碗高邮旧味道

有朋友来高邮提到吃面，我大多引去小六子面馆。

小六子面馆在穿心河路边上，离王氏故居不远，古城风貌，带客人看看也多少有些意境。王氏父子是高邮人的骄傲。他们研究"小学"，一般人难懂，后来据说因为"参倒"和珅的壮举倒似乎更有点名望。这是本末倒置的事情，但也难怪人们。故居往南沿街就是小六子面馆。面店是自家的房子，门面也不阔绰——我记得是不是以前连招牌都没有的？面锅在门口——实际上是家里的厢房，显得有些局促。但三两步走到院子里，再进堂屋就宽绰起来了。在他家吃面，就像是在亲戚家吃饭一样，不像那种拥挤方正的店堂。这里本就是住家的屋舍，在老城里这也许才能承载一碗高邮味道。

小六子面馆的面，有一种很古旧的味道。这并不仅仅是因为酱油调料的味道周正，还有纠缠在馄饨和面之间的一种清淡而又明确的味道——我总是猜测，这是不是面里的碱水所导致的特别风味？只要你吃到这种味道，就会觉得似乎比一般的饺面要更胜一筹。当然，关于面条的味道，我心里是清楚的，更多时候在于主观的一种认同。手艺人的禀赋和技术自然有高下。但一家开了几十年的店，多少会有些自己的名堂，至少有一些稳定的因素支撑着。所谓风味独特，更是人们某种认知和信任，缺少这种笃定的意识，风味就很难成立。

饺面店的老板叫王永红,在家里姐妹八个中排老六,面店便以"小六子"为名倒也非常的朴素亲切。1968年出生的王永红,开店下面三十二年。她1988年在高邮饮服公司上班,也就是现在的焦家巷面店。当时她和现在陈小五面店前店主陈小五（陈春玲）"对班倒"下面条。1991年,王永红迫于生计回家开面店。当时高邮饮服公司还发来函,如果不来上班就与单位解除一切关系。王永红还是咬咬牙在家开面店了。

王永红自述道:"下面的手艺也谈不上和谁学的,当时家庭条件差,想有一份工作,自己就格外勤劳和努力。当时焦家巷店主任张有权对她也特别关照。其实,下面实在是个苦差事。冬天冷,夏天热,热得没有办法就强行用藿香正气水。每天早上四点半起床,起炉、生火、磨豆浆、烧开水。过去遇到下雨天更难,木材、煤炭潮湿火难着。后来有了电炉方便了很多。老街上的人对于炉灶的火也有讲究。人民路附近原来有户邵家馄饨店,就一直用大灶烧柴。大概余温足的缘故,味道很特别。现在街上面店炉灶大多改电,也是一种很无奈的变化。便捷让人觉得失去了准确或者完整。"

小六子面馆的特色似乎就是没有特色。她谈到特色,便讲到自家的阳春面只做光面,从来不用任何的浇头。王永红觉得应保持高邮原来阳春面的做法——不下菜面、腰花面、长鱼面、皮肚面等,因为其他复杂的浇头将高邮原有阳春面的味道改变了——此话不假,浇头面是吃浇头还是面呢？这大概就是她对于传统的理解和坚守。一碗阳春面,其实也就是一碗光面,能有自己独特的地方,可能恰恰只是不借更多的外力,而坚守自己的味道传统。这也是老手艺的某种坚守与善意。说到善意,倒是有一个很有意思的细节。前期探店时,上午在店里点了一碗馄饨。事后与王永红交流,她却说:"以后下午来吃馄饨,口味更好。"听了不解,便追问,她坦然地说:"上午的馄饨多是前一天包了速冻的,早市来不及赶制，到了下午用的是现包的。"

  这种差别可能也微乎其微，但其中的坦然确实是体现了良善之意。她讲道："我觉得下面、馄饨固然要赚钱，也要凭良心，而良心也会是一种效果极好的广告。在我店打工洗碗的人多了，她们的宣传是最好的帮助——如馄饨肉好不好，她们说出去对面店的影响特别大。我们家的人，都是同客人一样吃馄饨、面条，哪怕自家三四岁小孩子也是如此。"

  这些，在时下常遇到的关于食物安全的忧虑而言，确实是一种良知。这样做其实也是属于本分的良善。王永红的小孩也在网上销售馄饨、面条——这也让这碗旧滋味传播得更远。来人客去，在他乡还能吃到这碗味道，算是莫大的慰藉。这对于游子而言殊为难得。

  有一次，我在店里见到一个熟人，这让我对这家面店又多了一分亲切。这人我至今都不知道叫什么名字，我们只叫他大高个子。彼时我一人来城里生活的时候，中午总是去党校的浴室里洗澡休息。这也是好多人的澡瘾和习惯——我这一套是在临泽工作时候学来的。吃过午饭之后，就提着篮子去浴室——还有大多数澡客篮子都是放在浴室的。进了池子泡一下，上来回位置上睡一觉，身体稍觉得凉了再下池子泡泡，然后漫不经心地忙下午的事去。大高个子在党校浴室擦背。他的手艺很好，话不多而且总是和善地笑着。他捶背的手艺尤其好。后来他离开了这家浴室，我就再也没有见过他。那次去小六子家吃面，见到他低头端着碗出来——店里锅屋的门相对低一点。他依旧是那种和善的样子，帮着收拾碗筷，一举一动看了让人觉得舒服。后来听说他是店老板的妹婿。

  小六子面馆东去，经过市河过条街便是大名鼎鼎的高邮师范。20世纪七八十年代，这里走出了诸多如今在文坛享有声誉的先生。高邮师范还在办学的时候，面店生意特别红火。如今过时过节，高邮师范毕业的学生回高邮,还要到面店光顾一下,再带点面条、馄饨回去,又谈谈在高邮师范上学时在她家面店排队吃面抢桌子的情景。现在高邮师范空了下来,像赋闲的老先生一样落寞——但我想,他的徒子徒孙们无论走到哪里,心里一定记得这碗难得的又只属于高邮的旧味道。

骨头汤的等待

我是新搬到南海来的。因为孩子上学总是搬家的不在少数。在东城住习惯了的我,到这里来觉得一切都不适应。其实这里什么都方便,比如菜场就在楼下,下楼就有新鲜的菜。有时锅里菜煮着,临时下楼买个番茄都是有的。这里的熏烧店、炒货店、油面店以及饺面店都是一应俱全的,甚至连修鞋的摊子现在已是独有了。我不大适应老城里的这种太过方便而又显得太过自我的生活。当然,久而久之适应了下来,你就会成为自己不喜欢的样子。

南海饺面馆开了十五年时间。下面的女师傅叫郭安芹,今年五十岁,是本市界首镇人。她下面的手艺,是2008年初跟高沙园阿妹师傅学习的。面店老板名叫杨志祥,今年五十一岁,也是本市界首镇人。他们开店之前是自由职业者。南海周边面店也不少,我才来的时候也四处转悠过。孟城路的小汤面馆和彩霞面馆都不远,但最近的还是南海这家。在这生活二三十年的人,近乎有些神秘地说:"他家青菜面用的是骨头汤,味道正。"

我早上是要起来给孩子买早饭的。高邮人大概少有做早饭的习惯,早上好些都是去面店吃。上学的孩子也在面店吃,吃完一抹嘴就去学校。有些是父母送来,大一点就自己来。好些学生在南海饺面馆吃了一二十年,做了父母后就带着全家来吃。经常有家长托付孩子在店里吃早饭，家长事后统一结账，是很值得信赖的托付。我给女儿下楼来买早饭是带着碗的，附近几个点轮流着买，每家阳春面、青菜面、肉丝面、馄饨或者饺面等，一周下来吃法也不必重复。一次早上起来似乎还没有完全睡清醒，把碗递过去，就听老板娘说：胡椒少一点，面不要多，鸡蛋炸老一点……口味她大概都是知道的，除非有其他要求才会多说一句。这也是才来了两三次的光景——其实即便到今天也没有真正彼此认识，最多算是混个脸熟。

这天早上端了面便走了。回去好久才想起来没有付钱。再去店里报以歉疚，老板似乎根本就记不得。可能昔时收现金还会多少有印象，现在手机付款太便捷也无暇顾及。有时候觉得就这点信任让人感动。可不是几块钱的小事——当然对于忙碌的人们来说，未必有时间作这些感慨，这只是发自内心的素养而已。

我很早就来这家店吃过青菜面的。偶尔匆匆经过，往往是囫囵吞枣，大多数时候又是充饥，真不知道有什么汤水上的不同。有了味精，有时候味道的形式主义就会到达一种极致。所谓"厨子的汤，唱戏的腔"，靠的就是这手段才鲜美和动人。可是有了味精就像是伴奏有了音响而不用乐队。如果只是谈感官或者说形式，味精完全能够达到味觉的要求。但一口汤的秘境是一种向往，也是一种意境，而不是什么科学或者营养。

南海饺面馆下面、饺等用的汤，前一天晚上用新鲜的大锤骨熬煮一整夜。"一夜"并不是什么强制的要求，多一小时少一个小时并不会有什么明确的区别，但等待的工夫会让主家更加自信。细细想来，等待是个高妙的词，不是追逐，也不曾放弃，而是等待味道最准确时刻的到来。最准确其实并无真实的界限，等待的过程就注定了充满意义。

一碗青菜面在碗里作料放好前，掸一些鲜红的辣椒酱进去。下面的女师傅就会相应少放一些盐，这样味道就适中。青菜面除了青菜是必要的，似乎每家也都按例要放榨菜的。那种袋装的榨菜带着辣椒和一种特别味道的卤水，会乱了菜清香的味道。只有那种手切的榨菜显得有诚意一点——也就三五根丝，一碗面就完整了，少这点味道似乎就不大周全。有辣椒酱的面汤在口腹中穿行，天热时会带来一身爽快的汗水，天冷时会带来周身的暖意。吃到结束的时候，还有一口汤喝下去，只留那星星点点的黑胡椒和虾籽在碗底——恨不得要舔了碗底才快活。

南海饺面馆一天一般用三十斤左右的新鲜小青菜，下水面八九十斤。店里还有两名长期雇请的师傅，一位是煎蛋的夏佳美，今年五十六岁；还有一位专门负责洗碗的阿姨黄金萍，今年五十七岁。她们也都是本乡人，店里的生意很忙，离不开她们的帮助。南海饺面馆市口不错，南来北往的道路通往几所著名的学校。小店又是南海菜场的东北出口，吃了早饭进去买菜或者买了菜出来吃一口都十分方便。很多人是穿着睡衣下楼来吃的——菜场的上面还有住了好些年的居民。他家早上还有粥。好多人早上喜欢吃粥，这是很清口的。一次外地的客人来，我引了去吃了两碗，客人问：你怎么知道这里有粥卖？粥是很家常的吃食，而我们很多时候是把面店当自家厨房的。

采访这家面馆让人很有些纠结。这些在生活里的小店应该和顾客彼此有些界限，只是三五块钱的生意，来去自如其实是最舒服的状态。不想因为一次什么无甚深意的采写而让人觉得局促——事实上这些面店也不需要什么排名和宣传，他们是生活里的"刚需"。所以，便用微信佯装成陌生人去采访——事实上，我即便去了很多次，也仍是个陌生人。本以为他们会用语音回复，因为打字确实费时间。想不到的是男主人杨志祥一字一句像答题一样写下来：

…………

馄饨心馅是选用新鲜前夹心肉，里面加竹笋等秘制作料。

本店从营业以来，首先在选料上一定做到真材实料，所用猪油都是上好新鲜的猪板油；其次十分注重食品的安全卫生。曾经有在常州工作的三个老板，多次开车来到本店吃他们最喜欢的面条、水饺。

　　现在营业面已经可以在微信上订售、邮寄。面条、馄饨、水饺均有。

我想一个人有这样认真的精神，能把字一笔一画地写好，他们做的食物一定是周正的。这是一种耐心等待的好品质，也是值得等待的好味道。

拐角处的四十五年

一次送北京的客人回程后从高铁站出来，听同行的两位商量去龙奔吃面。从他们庄重的神情看来，那面是一口好吃食。龙奔距此不远，但算起来去乡间吃一碗面，也算是别出心裁的事情——那只有是面好，才有十足的理由。

我此前没有听说过这碗面，那天也未能同往，但却由此记得了。终于有一天自己按照人家所指，根据导航去了这家面馆。这倒是有点虚拟的意味，从电子的图形里找到了一碗陌生的味道，还又显出无比向往的心情。

说是"馆"，其实店也算不上，就是个铁皮棚子。现在乡村这种蓝色的彩钢瓦屋舍很多。我觉得这是一种给农村带来灾难的发明，在材料和美学上都是极大的灾难，它甚至改变了农村的心性。这是一件令人悲伤的事情——更为悲伤的事情是，没有太多人认为这是一种悲伤。就像是那铁皮棚上粗暴的基层治理语调："见烟就罚，见火就抓。"这是非常无理也无趣的方式，让传统乡村的意境消失殆尽。

面馆里没有任何花式，就铁皮上三个字：手擀面。这倒是有些乡村独有的耿直而不容置喙的味道。老板低头忙活，也没有城里生意人的活络笑脸，我心里盘算了一下也不多言，只说了三个字：下碗面。当时我是心虚的，我害怕自己说不准确究竟是下什么样的面，所以在他抬头问要不要鸡蛋的时候立刻答应"要"——其实我平素是不吃那油晃晃的炸蛋的。我自己也是乡下人，但深知乡下人的脾性，他们有时候看不惯城里人的矫情，特别是那种被称为"雅理雅怪"的说话腔调。好在面只有一种，不然真是要吃虚到出汗。

蓝花的海碗，这种有蓝花的碗过去常用，有奇怪的音作"大抢"。碗里是酱油、蒜花和荤油。要谈香味，葱和蒜比起来还是蒜味更加沉着，即便是过去本土的小米葱仍似乎没有蒜的味道扎实。酱油大概也没有像城里那样熬过，没有看出有什么心机，只猪油一坨简素安静。对于提防猪油的问题，愚以为是一个伪命题。很多人要素油，其实上好的猪油带着脂香味才有意思，菜油就太朴素，色拉油就太陌生——所以，甚至可以武断地说：不吃猪油，吃什么高邮的面条？

面是有筋道的手擀面。第一次上门也没有好意思问，面是手工的还是机制的？其实工业化也未必是如临大敌，手工的食物也有味道不稳定的时候，未必要迷信到顽固。当然，手工的东西包含着不同的力度、认识以及性情，各有千变万化的妙境，自然也是像不同的文字一样，令人前赴后继地追求与向往。没有这些迥异，那吃饭就像生产一样标准与沉闷，那就只是技术和生意。

面汤里没有什么秘境，不像城里的手擀面好多都是配青菜的。吃面的时候经常听人说，要多放些青菜少放点面。这也是一种日常中的幻觉，关于吃蔬菜的幻觉。多吃蔬菜的人大多是吃多了荤菜的人，身体以及心理上有一种负罪感。所以每当宴会进入尾声的时候，总有人提出：上一两道蔬菜。这并不是什么真诚的话。如果之前不吃大鱼大肉的话，只要更多的蔬菜，那才是境界。问题是，蔬菜乃多余之外的一种借口。这就像是有些人，每天一定要跑一万步，如果步数不够就在家中也要转完，这种幻觉的问题在于：其一，不知道是谁规定的一万步就是健康的标准线；其二，跑了一万步之外该吃吃该喝喝，不知道一块肥肉和一万步能不能在能量上对等消耗。所以说，多要点青菜是句无比矫情的话，尽管多吃蔬菜是有好处的。

这家店里的面汤有一种简朴的旧味道。就是那种过去乡镇上的朴素简单的味道，没有任何的精明或者高明。这也不是什么值得夸耀的事情。我们日常习惯夸耀一些过去的事物，实在也是失之偏颇的。这些古旧的事物能够给我们带来一些怀念，这是不争的事实。除此之外，一定要总结出什么伟大，那也就言过其实了。第一次来，没有说多余的话。我见老板似乎也不愿意多说一个字，是那种沉默而执着的性格。甚至在我拍照的时候，他脸上露出了疑惑和局促。他心里一定是在想：这城里人就是无聊，下一碗面有什么好拍的？我想，我的猜测是成立的。

第二次再去，要了号码还买了面带给父亲，但味道调查仍然没有实际的进展。后来又托当地熟人吴继源去打听情况，但沟通了再联系他还是觉得没有必要。那天下午联系的时候，他在电话里说：我在骑车，很忙。我转而一想，我就是一个食客，好不好是自己的感觉，何必要去追根溯源呢？他的父亲张兆宝原来在此下面，今年七十四岁，和我的父亲年龄一样。现在的老板叫张万龙，今年四十七岁，他接手才两年。他的手机号码显示的是上海信息，看来他过去在那里生活过。他不喜欢多说话，一定是有些话不想多说。

店在进入三支渠与邮汉路的交叉路口拐角处，开了四十五年。时间的拐角处有无数个四十五年，我们的乡土中也应该有无数这样的拐角，散发出喷香诱人的味道。

一碗面条的理想

城里许多的面馆,有些还颇有意境,有些其实也艰难,但共同的都是辛苦,这是用文字描述不出来的。一碗面的小生意,三五块钱的经营,"开了几十年"这句普通的话,有时候就是老板伙计们一生的坚守。一定要用什么溢美之词奉承他们,其实是毫无力度和必要的,他们不会在味道之外想太多。当然,也有在汤水之间有自己想法的,他们不仅将碗里的吃食当作"事"来做,更像作为"业"来承,这也是很有意思的事情——鑫源面馆老板就是这样的。

起初注意到这家面馆的时候,心里非常疑惑:玉带园路东入口不远处有一家,盂城路往南海中学去有一家,金拇指广场柳记面馆隔壁有一家,听说珠光路也有一家。隐约感觉几家面馆之间有某种联系,但又没有去探究。某个周末去玉带河边这家吃了一碗肉丝面,遇见几个熟人打招呼,慌忙中也没有多言,拍了门头的号码留着采访。她家的肉丝面是好,清脆的椒丝和细嫩的肉丝在作料的交融中,刺激着感官与味蕾。但这其中也有问题——一碗面自然是要形式兼备的,这和一篇文章的所容纳的形式与事实的道理是一样的,华丽的词组用多了就给人修辞过度的感觉。当然,修辞本身也是"质",浇头自身也是食物,但对于一碗面条而言,浇头取胜究竟是哪一部分的胜利呢?

好在食客并不考虑这些问题,思考多了也是修辞过度。那就听听主家自己关于一碗面条的辛苦与理想的叙说吧。

面店的老板娘叫袁金兰,今年五十三岁(我们认定一个面店老板可能并非是营业执照的法人,也并非男主人女主人的区别,更多的是谁"站锅"叉面,这才是一家面店的关键部位)。袁金兰原来在常州中医院药房上过班,后来在常州和丈夫开过五年服装店,开服装店时经常给对门的一个小吃店帮忙。她的丈夫叫许坤民,今年五十四岁,以前在常州味精厂上过五年班,后来下岗,夫妻俩做起了个体户。

提到为什么叫鑫源面馆——这个名字较之于高邮街头其他的面店多少有些别致,就像口语和书面语的区别,看得出有自己的想法。袁金兰说:"鑫源是我儿子的名字,寓意我和我先生共同的创造,名字是我先生起的,本来儿子名字叫许源,后来加了三个金叫许鑫源。"鑫源面馆起先是开在蝶园路的北面门朝西,也就是现在的百姓药店对面,在那开了十六年,搬到玉带河也有十二年了。

鑫源面馆最大的特色是各类浇头面,青椒肉丝面、韭菜肉丝面、雪菜肉丝面和大排面。至于街上另外几家鑫源面馆,与玉带河这一家也颇有渊源。金桥南路金拇指广场有一家,是他们自家姨兄弟开的,夫妻俩为孩子上学,从上海回高邮创业开面店的,用同样的名字也做出了自己的特色。另外还有一家盂城南路门朝西,老板娘曾在他家打了十几年工,也是夫妻俩创业开店,生意也做得非常棒。珠光路东方御景东区门朝西,是老板干兄弟夫妻俩下岗创业开店,如今生意也越做越好。

谈到从常州回来做生意,袁金兰说:"我是高邮人,我先生是常州人,我在常州工作、做生意、结婚生子,生活十年后回高邮做生意。当时选择开面店是受常州朋友的影响,三十年前他开了五年餐饮小吃挣了大几十万。我们带着才一岁大的儿子回高邮,发现下面条的生意特别好,所以就萌生了开面店的想法。"

为了开面店,夫妻俩用将近两个月吃遍了高邮的面。在这过程中,他们遇到了第一位贵人——李爹爹。李家当时在高邮做生水面是数一数二的，面条、馄饨好不好吃不光是下得好，生水面和饺皮也是很关键的。在开店初始，夫妻俩得到了李爹爹很大的帮助。后他们又结识了送调味品的小宗，知道了高邮面条所用的调料。许坤民说："也可能是我们悟性好吧，不久就调出了自己理解的高邮面条的口味。很快我们就在原来小汤面店不远处的蝶园路上把店开了起来。记得第一天开业只下了五斤面。五斤面是个什么概念？一斤面下三碗半，也就是说，只有十七八个人吃面，其中还要除去自己的人七八个，这样的生意前后持续了两个月，在这之后也只不过下十五斤，二十几斤。第一年结束了，亏了五千元。第二年的坚持，面量有少许上升，经营状况也只不过持平，没有亏本。这时我们发现，能提升改变生意的主要因素，那就是个人卫生意识要好，环境卫生要好。在当时，高邮很多的面店给人的感觉是环境很随意。我们店率先改变了这一现象，果然到了第三年生意突飞猛进。在这我们经历了十六年，而后老邮中学校搬迁、市政府搬迁、造纸厂拆迁，我们也因房东要收回店铺只能搬迁。到了现在的玉带河店，我们又率先将下面锅灶由砖砌土灶改成不锈钢炭灶，后又将不锈钢炭灶改成现在的不锈钢电灶。在现今高邮面店越开越多的情况下，我们的面量还能保持在一百多斤，这就是对我们邮城鑫源面馆的肯定。"

弹指二十八年，因面条的缘分，有很多人由顾客变成了朋友，还有的变成了至交。袁金兰说："最值得提的就是门店邻里，八位老板都成为以兄弟姐妹相称的至交，我们排行老八，每年每家都要轮流请客吃年饭，有趣的就是大约每月请一次，一般都是年头请到年末。有好的人缘和好的口碑，才会带来生意的兴旺，这就是我们的理念。"

说到最后，夫妻俩讲出了他们的心愿，那就是在高邮开一家食品公司，主要经营生鲜冻食品、鲜肉小馄饨和水面，以及调味品，像酱油、胡椒、虾籽等，这些都是做小馄饨和面条的主要原料。创立高邮自己的品牌，其中酱油是不能罐装成成品卖的，要卖也只能在高邮卖，是走不出去的。因为高邮没有一家有资质的酱油厂，所以他们就想寻找合作开一家酱油厂，这样他们就可以做酱油代加工，让别人贴上自己的注册商标，把生意向外做得更大。如果再成立一个面条协会，帮助所有高邮面馆把生意做向更远的地方，将高邮面条、馄饨、调味料产业化就更理想了。

在微信里，当我看到一位面店的老板提到了"产业化"这个严肃的词语时，心里颇有些震动。这就是一家面店的理想，是一碗面条的心愿。这让我突然想去吃一碗面，一碗韭菜肉丝浇头面——这也是高邮面馆少有的做法，是一家面店独有的绚烂修辞。

运河边的一碗浇头面

肉丝在貌似沉默的油锅里突然炸响,这就像是男人心胸里的脾气突然爆发。一种吃食也是会沾染上制作者脾性的。第一次走进车逻的大疤面店,见到老板沉默而坚毅的表情,似乎就感觉到这是一碗不同的面。

肉丝面的优劣并非仅仅在肉丝的多寡,更重要的是火候和味水。很多店里也是有各种浇头的,青椒肉丝也不鲜见。但是现炒的味水好,能吃到一种诚意和品位。青椒的脆爽被油面和肉丝裹挟,丰富而清晰的口感令人愉悦。面这个时候像是默默的衬托,被托举的味道好像才是最重要的。比之于那些事先做好了又在温水中养着的浇头,现炒的青椒肉丝显得更加热烈和真诚。卤汁和面汤又搅扰在一起,面作为能量的来源,在这碗肉丝面中只是实用,一切的意境都是猛火急炒的手艺赋予的。

到车逻吃肉丝面,是十分偶然的事情。桌上吃饭闲聊的时候,听森总说车逻有家面馆,好些去扬州出差的人都会特意逗留去吃一下。于是问在那工作生活过的树先生,他好像并没有什么特别的印象,转而又说:大概是大疤面店。于是第二天早上就驱车而去,寻这碗听说的味道。车逻大概已经有十年不去,区划调整之后这个地方甚至很少被提起,取而代之的是一些很新颖而又格式化的名字。现在的人喜欢新的一切,好像那些崭新的名字才更加精神抖擞——当然大家心里清楚,新衣服穿的面子,旧衣服才穿得舒服。车逻,确实是一处很有古老意境的地方，远的不讲虚无缥缈的秦王传说，就在一百年前她还是一处充满着木香花味道的温情之地。汪曾祺在《木香花》中记道：

> ……从运河的御码头上船，到快近车逻，有一段，两岸全是木香，枝条伸向河上，搭成了一个长约一里的花棚。小轮船从花棚下开过，如同仙境。

汪曾祺对车逻的好感，还有因为母爱的深沉，他在《我的母亲》中写道：

> 她每次回娘家，都是吃了晚饭才回来。张家总是叫了两辆黄包车，姐姐和妹妹坐一辆，娘搂着我坐一辆。张家有个规矩（这规矩是很多人家都有的），姑娘回自己婆家，要给孩子手里拿两根点着了的安息香。我于是拿着两根安息香，偎在娘怀里。黄包车慢慢地走着。两旁人家、店铺的影子向后移动着，我有点迷糊。闻着安息香的香味，我觉得很幸福。

所以说，一个地方只有深情，才会有深刻的美——正如一碗面条，只有充满某种意境，才会有吸引人念念不忘的魔力。这是这处运河边的小镇所独有的味道，自有它自己的内里乾坤。吃罢了面，与女主人要了号码，假意说以后要订包子年蒸。这时候正是年关蒸包子的时候。他家也做包子，但生意并不十分红火。听说我们要订包子，主人也并不十分兴奋，只是说：下回来买就是，不必要订的。又说以前包子生意好，根本来不及做。只要是做出来，就会被人买走。现在的年节，馒头或者包子也并不十分重要，有时候买回来就像是一种仪式，多数并不吃完就舍弃了。一定要买几个包子过年，不过好像就是应付时节而已。

回来联系店主的微信，才知道这爿店竟也开了四十多年，有三代人的历史。现在的店主夫妻二人是 20 世纪 90 年代接手的，店的位置一直在这里。他们是本镇人，男主人戚运荣，五十三岁；女主人周仁香，五十四岁。店是全天开的，正式的名字叫韦波乐饺面店，这倒是一个有些奇怪的名字——原来是按父辈的名字起的，当时只是为了工商税务的登记。大疤的名字听来有些古怪，盖是因为男主人脸上有一处疤痕，是人们叫开来的，女主人的微信名字便也如此。

第一次听说女主人的名字时无比诧异——她和我一位姑妈的名字竟然毫无差异。追问她的老家，似乎并不是我所以为的本族旧地唐高墩或者高林，但到底还是有些意味的。

我的这位姑妈在老家的镇上生活，以前也开了很久的饺面店。她的店名就叫"仁香饺面店"，店面里一半是做油条烧饼的，由她的姑子一家经营。姑妈则是下饺面的。我在初中的年岁，曾经住在她家很长一段时间，每天早上起来都是豆浆油条和烧饼，面条也是吃了不少。她下的面葱油味很浓重，让人一辈子难以忘怀。那些匆忙的早晨也让人难忘，尽管后来饺面店不开了，我走到那个路口的时候似乎还能闻到那些味道。再想想，还有一个远房的姑妈也是在这个当时叫张轩的镇上开饺面店的，她的夫家姓郭，儿子的个子非常高。每次走到镇上那爿在河边的店，我都会被拉着喝一碗馄饨。我的母亲叫馄饨为"混汤"。这家店后来也不开了，似乎我去外乡读书就再也没有见过这位姑妈。不过日后是见过他儿子的，我看他的双眼皮和这位姑妈一模一样。

我的那些清苦的日子，就是被这些温暖养活的。

从车逻回来还带了几个包子，妞妞似乎并不十分感兴趣。她对那些有洋气名字的糕点更加倾心，还能讲出许多似是而非的道道。我后来也没有吃这些包子，但想到这家面店和过去的日子，心里就总是觉得暖暖的。我告诉老板娘她和我姑妈的名字是一样的，她在微信里回复道：

"您还应该叫我姑妈呢，下次请你吃面！"

我想以后也许并不一定再去这家面店，但是那一碗温暖是一定不会忘记的，它寓意着以前许多必须要铭记的时光。

一张熬酱油的秘方

小王鱼汤面在邮安路上。这条路在高邮算是条新路。十五年前的冬天,人民医院的周先生帮我一起来邮安路看房子,路上还满是泥泞,连水泥路都没有——那时东去还没有通湖大桥,四野还能见到郊野的景致。周先生的一双皮鞋沾满泥水,日后我一直叫他老哥,那段光阴对于一个刚进城的人而言困顿而艰难。那一年我刚刚进城来生活,以后十五年我就看着这条路慢慢地繁华起来,甚至现在时常十分拥挤。这就像我们的生活,有着繁忙的烟火气息,现实而又温馨。

小王鱼汤面的老板名叫王钢,1985年出生的他相对于其他面馆的老师傅较年轻些,是界首镇三官村人。王钢自打出学堂门十六岁就学起了木匠,一直干到2017年,后来因为孩子需要陪伴回高邮,就萌生了开面馆的想法。他选择在邮安路开面馆也是出于偶然。城市对于我们农村人而言,确实存在很多偶然。就像当初我进城的时候,也没有繁华与冷清的区别,只是觉得有个地方站住脚就很好了。

鱼汤面是他家的特色。鱼是王钢自己钓来的。去他家吃面,时常听他讲钓鱼的事情。他大概是下午去钓鱼,傍晚的时候经常见他的门口盆里满是活蹦乱跳的湖鱼。有一段时间我还经常央他帮我去界首买散养的草鸡。于是彼此也就熟悉起来。在邮安路上的许多商家既是做买卖,也像是邻居。见了面,总会听到些店主说:"你看看,这么多年,看着你家小孩长高了。"

时间久了才知道，原来王钢每天早市结束就会约上三五个钓友奔向周边各大钓点——人多力量大，每天都能收集到四五十斤小鲫鱼，有时候也会多一些钓友的"捐赠"——有些着迷的钓友怕家里人说不把渔获带回家的。鱼都是头天晚上处理好了的，第二天三点半就开始准备熬鱼汤。鱼煸炒成糊状再放入大桶内经过大火小火慢慢熬一两小时后过滤鱼渣即可。这些方法大概是许多店里通用的，但一定又有某种自己的体会和经验。这就是一碗美食的秘境，没有办法标准化，甚至说不出所以然，而正因为这样才显得神秘而有意味。意外之中，一次攀谈的时候，说到下面的酱油，老板说了许多门道。他竟然也是偶然从一个车逻的老师傅那得来的，兹录于下：

原料：老抽半瓶（250克）、生抽一瓶（500克）、鱼露半瓶（375克），香菜、胡萝卜、大葱、老姜、去皮大蒜各250克，香芹150克、洋葱200克、大青椒、红辣椒各100克。

调料：味精50克、鸡粉100克、冰糖150克。

制作：将香菜、胡萝卜、大葱、老姜、去皮大蒜、芹菜、洋葱、胡萝卜绞成浓汁，加老抽、生抽、鱼露、1千克清水一起放锅内大火烧开后改小火熬煮10分钟，滤去料渣，放入调料搅匀晾冷，装瓶放保鲜柜低温保存即可。

这算是一张秘方，写在纸上，也记在了他的心里。老板将它转发给我的时候，似乎并没有什么疑虑。我问他能不能将此公布，他似乎也很坦然。这种坦然也是一种自信。而他自己也说，现在也在按照自己的理解不断地调试着口味。其实即便是一张带有秘密性质的方子，仍然需要每一双手自己去体验与实践——美味的绝妙和不可复制在于，每一个店里和每一次的实践一定是不一样的。这就像写字的人面对法帖，最终输出的一定又是有个体生命意识和经验融入其中的呈现。而我们可能更多的时候，并不是流连于实物，更多的是追求一种意境——单谈食物本身，饱腹和健康其实更重要，然而在美食的餐盘里往往并不最被关注。就像今天我们读书，一定不只是为了识字。

这些年面条的生意也在变化，满大街的高邮面条是一种繁荣，但也有它的困境。就像是一个公知的秘密，越来越多的人用自己的方式去阐释和演绎，虽然形式上会越来越丰富，但一定又有人间难以言说的艰辛和困境。王钢说："以前那会店里生意特别好，一天正常都要下一百斤面条，十斤馄饨皮，二十斤饺子皮。店里的三鲜馄饨就很不错，馄饨馅其实不重要，重要的是汤料包（加点虾皮、紫菜、香菜）很受大小朋友欢迎。但现在，面店越来越多，生意也不如以前，只能算是靠着品质维持。"他还讲了一件趣事。有一次有两个女孩吃馄饨吃出个笑话。其中一个女孩吃到一半的尖叫声吓到了一屋子的人——说馄饨汤里有蛆牙。他是个急性子，就上来跟人理论汤里怎么可能有蛆牙。一看就是个小虾皮，这才化解了误会。女孩一脸通红地说：怪不得馄饨这么鲜美，原来是汤里有虾皮——后来每次来都必点的就是馄饨。

小王店里的饺子味道也是不错的。冬天的荠菜馅（猪肉、荠菜、界首袁氏茶干）、芹菜馅（猪肉、芹菜、胡萝卜）、韭菜馅（猪肉、韭菜、蛋皮），这些都是手上的技术，也是家常的味道——对于高邮城里生活的我而言，邮安路就有一种家门口的感觉，这是十多年阴晴冷暖积累的美好情绪。

桥边的雪菜肉丝面

龙虬是个新名字，但镇子是老的，原来叫一沟，治所并非在此，是出那个"四八子下面——看人兑汤"歇后语的地方。"看人兑汤"是说一个人"见人说人话，见鬼说鬼话"，但并非全是贬义。世上的事情并非全能说真话，某种意义上来说，这是一种有效的策略。而对于一个下面的师傅而言，看人兑汤是根据不同人的喜好而施之以具体调味——一人巧作千人食，难的以及高妙的就是"五味调和百味香"。

龙虬这个地方并没有出过龙，是某年发现了一处新石器时期的遗址，浅表有大量的贝壳兽骨，人们以为是龙鳞龙骨，后来便以此命名。早先这个地方就叫"龙裘堆"，清朝有诗人写过"文台东门龙裘堆"的句子。后来与一沟乡并为龙虬镇的另一个乡叫"张轩"，早先是叫马奔庄，去此不远有地名唐高墩，也有和龙虬庄类似的遗址。我对此这么熟悉，是因为马奔庄是我的老家，而我也在龙虬工作过近五年光阴。

马奔庄现在看不见面店了，人们都到龙虬来赶集，饿了就吃一碗面或者馄饨，也有吃饺面的。这里有好几家面馆，一家叫作小丁面馆，另外三两家没有名字——一家在镇东烧饼店旁边，可以吃到滚热的油条，干拌面也做得不错；一家是在镇东超市边家里开的，鸡蛋炸得不错，面的味水也不错，两人似是儿女亲家母；一家在大路澄营线的桥边，生意也很不错，味水有点过去老镇的意思。还有一家叫作"面向未来"的，名字很有些意思。

但这几家距离上班的地方稍远，而小丁面馆下楼出门几步便是——一碗面的事，讲求的就是自如，这才像日常的样子。小丁面馆的老板娘叫丁桂清，今年五十一岁，从事下面行业已经有二十多年，1998年就开始做下面生意。当年她曾在龙奔镇政府所在地开了三年面馆。龙奔这个地方与龙虬一河之隔。河是知名的澄子河，从大运河来往兴化盐城去——文天祥曾从此经过还留下过诗。不知道附近为什么有这么些与龙有关的地名——北去不远还有个地方叫老龙窝。

小丁面馆的浇头多，有城里小汤面馆的意思。暗香的卤水里有大肉、兰花干和剥了皮的鸡蛋藏着，特别是那肥白相间的大肉让人垂涎三尺。她家最有特色的还是雪菜。雪菜本地是常见的，乃是雪里蕻所腌，免费提供。小丁家的雪菜炒制有点心得：打一斤多小五花肉，放锅里大火炒炼出油，然后放入雪菜，大火翻炒，出锅时放点青椒蒜泥——喷香。"喷香"这个词在下河人的嘴里是常说的，"喷"说成"聘"音，仄声重音，爽利而果断，就像雪菜的香味一样准确而熨帖。

谈到生意经，丁桂清娓娓道来："在日常生活中，做生意诚诚恳恳，认认真真，对顾客真诚一点，不玩虚假。在我这店里，一般的都是老顾客，做生意嘛，一般的都是人心换人心，你对人家好，人家也会真心对你好的，有的顾客还从家里带家常蔬菜给我们吃。我们的酱油是自家熬制的，荤油是自己炼的，这都是我们家附近家喻户晓的事。小馄饨肉都是我们精挑细选，自己制作的……"

我喜欢的是青菜面加雪菜。雪菜是免费的，面起了之后挑一筷子。碗是一种蓝花的大海碗。这种碗过去常见，尤其是办酒席时卜烧菜。面店里的这种碗似乎比日常用的小一号。人们平常还叫它"大抢"。青菜面上来，先吃一半白汤的，过后上水辣椒，等于吃了两种口味的。天气冷的时候，水辣椒的热辣带来周身的热乎。在这样的小镇上，一碗面并非要有什么特别的秘方，人们吃的是一种家常的味道。又经常听人说："城里的面味水才好……"这是自卑，也是没有道理的，城里也有味道不好的面馆——而且城里的人，不也多是乡间去的嘛。

小丁的面馆里还有一位老人帮忙，那是她的婆婆陆明，今年已经八十一岁了。老人已经佝偻着腰身，行动已经有些迟缓和艰难，但还是忙着收碗筷、抹桌子。她一定觉得这和在家里日常的打扫是一样的。像这样的住家店，说是店也是家，客人坐过的桌子，家里人吃饭的时候也坐着，久而久之一定蕴藏了家常的温暖。这点温暖并非毫不重要——当街上的天色暗下来，一个外乡人肚子里空空如也，在偏远的镇上见一家家灯火通明，心里一定会感到悲凉。这时候有个桌子坐下来，有两个小菜冒着热气，开一瓶价格低廉的小酒，喝得忘记了脚上的疲惫，那是多么温馨的事情——而这样的事情，在现实里真的比比皆是。这时候老板娘就会像自家的大嫂，老人就像自家的长辈，彼此不会有一点隔膜。

有一年，龙虬庄遗址来了一帮安吉人。他们是做竹桥的能工巧匠。他们确实不是一般的工人，虽然人们不懂他们的技艺，但是从他们的做派就可以看出来——他们一天只做八个小时的工作，到了五点钟的时候天还大亮就果断地放下工具。他们租了房子住，但也不生火做饭，便到小丁的面馆里来吃客饭。好多面店都是做客饭的。炉子上的火反正都是燃着的，自家也要做三餐，顺便做点客饭也是不错的营生。不知道这些安吉来的外乡人，能不能体味到这是一种家常的味道——我们当作神品的水辣椒，在他们的舌尖是不是也有那种家常的魔力？他们会不会因此想家呢？这些虽然无从考证，但日后他们归了家乡，一定会在某个夜晚端起酒杯的时候，想起来在桥边的那家小丁面馆。

面店日常的道路与主义

开心面馆是朋友圈里推荐的,我之前未曾去过。

高邮镇是县里的城关镇。城关镇往往被市区所淹没,文化或者经济上往往处于某种模糊的界限之中。至于被忽略究竟是不是可惜也很难说清楚。高邮的面馆据说有两三百家,对于一个二十万左右人口的城区来说,这碗面条不可谓不壮观。而人们对于面条的热爱与自信,几乎要与本地自古闻名的"高邮鸭蛋"不分伯仲,久而久之客人来了也都会出于真诚或者是礼貌地提及。但我们自己心里是清楚的:并不是每一家都"捧得上台盘",即便是最好的也未必能如每一个客人所愿。但从某种程度上来讲,这碗实际只是酱油光面的吃食,已经形成了某种文化的自我认同和信念。倘若谁要直言不好,恐怕有人"是要拼命的"。

关于这种心理,王鼎钧先生在《昨天的云》一书开篇《吾乡》一文中有段话说得很恳切:"我想,每个地区的人民都会在当地找出几件事物来寄托他们的集体自尊,基于无伤大雅的原则,你最好接受他们的价值标准。"

这段话对宾主双方都是很好的劝慰,也给我记录高邮面条找到了某种理论依据或者说强词夺理之资。

再说到高邮镇的这家面店,起先真的就只是听别人说它好。我有时候对于"听说"也非常警惕。因为别人说的有别人的判断, 时 地的境况和情绪也不一样。很多时候，去找一碗面有点"雪夜访戴"的意思，未到达的想象或者在路上的期待更加迷人。至于抵达之后其实还是俗世旧情，未必如传说或者想象的美好。这也是我走访这么多家面店，几乎都是做"不见面采访"的原因。有些时候，当面问不出什么话，人家在灶台上忙得热火朝天，哪里有时间和你细说？再说——这些人要是能说出点深刻门道来，估计手上就未必有实操的真本事，或者就未必去下面条了。所以，这些日子里写的关于面条的文章也只是自以为是的漫谈。

一般到一家面店，我就记下这些店主的号码，回来微信联系。也有不回复或者婉拒的，我也并不觉得亏欠什么。日后去吃面也有被认出来的时候，店家客气一下说不要钱了。其实三五块的事情都是会心一笑而已。我喜欢这种状态，彼此汤汤水水弄得清清爽爽，不会让人觉得成为一种负担——因为面店是这座城市的"刚需"，基本上不需要做什么广告。

开心面馆的老板娘讲："面店是2010年底开的，最先开在市政府对面，后搬到了黄渡（地名），又因拆迁后搬到盐河东路43号（武安邮储银行南30米）。"店一直都是他们夫妻俩在经营，女主人叫徐红霞，五十一岁了，是原伯勤张曹人；男主人叫张春林，五十二岁，也就近几年才回来店里帮忙，以前在企业里做会计。

徐红霞的面手艺是和人学的，师傅是南海菜场的居家宽师傅。开心面馆也就是颇有些名气的二子烧饼店南边的一家面店。现在两口子去给儿子带双胞胎小孩。但面店还开着，只是易主了。这家店在我家楼下不远，每天走过却没有去吃过。沿街往北还有专门卖水面的店（这家店还把水面一把一把地晒干了卖，他家的手擀面还有面鱼味道也很不错），又有青菜面出名的南海面馆以及一家油面店。这一段虽然只有百步远近，但非常有老街的氛围，每天走过就让人觉得心安而满意。

徐红霞回忆说:"说起下面,必须感谢我师傅居家宽毫无保留的传授,他在南海菜场那儿下了二十几年面。至于阳春面的秘诀也不是多神秘的事,作料辅材第一要货真,第二是新鲜。阳春面加上现炒肉丝浇头,自己都有满满的食欲。其实现在一天也就下个四十到五十斤面,以前没拆迁生意好点。下面这么多年我们一直在不断摸索改良口味,有些陈旧的操作必须升级。"

现在经营面店一般四点钟起床,因升级了电炉,轻松太多。以前烧煤炭,生火添煤就多很多事,也增加很多卫生要打理。我邀两位好友同去的这天时间还早,店里的客人还不是很多。大概早上每家面店会有两个高峰:一是孩子上学之前,二是人们吃完上班。来了自然要点肉丝面。见我到处张望,主家有点疑惑,我也没有道明什么。其实我想知道的细节已经在微信里了解了,这时候再说什么那就是徒增客套。现炒的肉丝,肉香和青椒的香味都很清晰明确,没有久放的那种含混和拖沓。浇头的分量很足,吃得饱胀而满足——再多一口,脑子里就会漫出油腻来。

这就是一碗面的实在,是一个店家的实诚。这样的店就会有很多回头客,日子无论怎么变化都会有人牵挂着。她说的变化和创新自然也重要,但大多数人形成了一种习惯——习惯就是最长情的。老板娘在微信里说:"开这么多年面馆,大多数都是回头客,有多位从海潮路一直追随到黄渡再到现在的武安。他们一路支持才有了我们的成长。最有趣的是一位王姐,她在品尝过我们家的面之后,把她先生介绍过来,又推荐儿子一家都来我们家吃早饭。有时上班高峰,没空清理桌面,她刚好遇上就跟自家人一样袖子一撸,帮忙收碗抹桌面,一点不像来消费的。"

所以说,高邮面条好,除了事实之外,还有一种可贵的日常精神,这又可能是一种道路或者主义。

最后一支胡椒筒

张君推给我一篇文章，其中有这么几句活色生香："……输得面红耳赤的人只好自掏腰包，一起到镇上的馄饨店，吃上一碗馄饨，便付出了最大的'赌资'。馄饨店没有名字，简易棚搭建在张叶沟河畔，柴火整齐地堆在店门口，不用煤炭为燃料，这是小店经济且独特的做法，也许是厨艺必备的一个秘笈。一支小巧且浸透着油渍的竹筒，犹如阿姨的面容，虽黝黑油腻，却遮掩不住她美丽的容颜；黑胡椒从竹筒上面的一个小孔里，被均匀地撒在汤碗里，就像一个优雅的女人，翘着兰花指，使得那碗有着独有香味的馄饨，吃在嘴里，也变得优雅而从容。"

八桥是个古老的地名，但也算不得特别，好像很多地方都有这样的名字。但这碗面食是要去的——早就听说过去城里下面，是用竹筒敲着点黑胡椒的，但今天已不见。在张君嘴中得知，八桥的这家店仍然用竹筒点胡椒，就赶紧趁着早凉去了——有些传统的东西，说没有就会很快消失，这是寻味路上的一种体验。追寻这支竹筒，其实也就是为了一种缥缈的意境。

店确实没有名字，就在中心桥西北角落的河边，一处铁皮的窝棚，迎面第一家——我觉得叫馄饨摊更有意思。进门来见老人正在包馄饨，手上的娴熟和表情一样坦然。几样东西很是吸引人注视，是我们所说的传统意境的物件：烧柴的炉子、黄亮亮的大铜勺、蓝花的大海碗，装酱油的瓷壶，一组很有些年岁的包馄饨的柜子——带着几层抽屉的那种。当然，点胡椒的竹筒卧在碗边，上面浸满了油渍，成为一种独特的包浆。竹筒的一头是带着塞的，胡椒正从这里装进去。竹筒的另一端则有小孔，中间插着一根竹签堵着，取出来就可以敲出胡椒来。现在看这并不是什么简省的手段，但传统的东西正是因为繁复和坚守才有意思。

问店家可有面条，店家回答说只有馄饨，连饺面也没有。这倒是更有些坚守的意味。老人七十岁光景，站在那精致的柜子前包着馄饨。乡间的馄饨和城里不一样，大多是浅少的馅心，就像是一点胶水把皮子粘起来，似乎馄饨皮成了主角，馅心只是搭味的。城里的馄饨很多都是大馅心，肉和笋是主角，吃的是一种粗鲁的实惠和满足。所以价格也不一样，如今不管城乡何处，五块钱一碗的馄饨是不贵的。她自言生意也不怎么好，一天只几十碗的样子。说到生意她又惆怅起来，连忙要我不要拍了——这里马上要拆迁了。不知道为什么现在的乡村会如此热衷于拆除，这可能是一种会带来无尽失落的办法。把事实拆除了，根脉去哪里寻找呢？我觉得乡村治理者不要总是想着整整齐齐，文化实境可能恰恰是在参差不齐甚至杂乱无章之中的。

老人叫徐加玉，1957年生，娘家在宝应子婴。子婴本是一条河，后来有了镇子，是高邮与宝应接壤的地界，过去也是高邮的旧地。就像高邮与兴化也是交织在一起的，许多村落也曾是本乡的旧属。她说嫁来八桥，是当时觉得八桥这个地方富庶。她1979年嫁过来，1980年生了女儿，1981年就接手了这馄饨摊。丈夫杨龙今年六十九岁，原来在农具厂工作，女儿在镇上学校教书。几十年生活于此，老人也是落地生根了，但看着她摆摊的棚户也总有一种漂泊的感觉。再问过往的事情，知道这种感觉并非完全虚构。

徐加玉老人接手的馄饨摊，本是她婆婆王玉香开的。王玉香也不是本地人，做姑娘的时候就下馄饨。她是从兴化划着船一路到了八桥来的。过去我听过有人挑着担子下面卖馄饨的——比如之前讲到过的南角墩人冯恒香就是挑着担子的，但撑着船下馄饨的没有听说过。兴化的小馄饨是出名的，美食家王干先生题词过的茅山小馄饨没有尝过，但是看着朋友圈不知道默默掉了多少口水。水上的兴化人将面食做得出神入化，也是一件奇妙的事情。王玉香从水上来到八桥，带来的是兴化的味水。大概因为看到了桥，就生了留下来的心念。桥不是河流的附属，是河流的一部分。它在横向上改变了河水的纵向优势，是通达，也是阻断，从此留下了一只漂泊的船。放弃了方向的船是因为留恋岸，岸就是船永固的方向。王玉香的丈夫叫杨才民，如今他们离开了现实的岸，但她从故乡带来的滋味还在张叶沟河畔飘香。

攀谈间馄饨就出锅了，那分量是充满着诚意的。大铜勺就像是从家里的锅里舀出来食物。酱油汤，脂油味，葱花漂荡在汤水上，就像当初那条漂泊的船——主人又给点了些胡椒，这黑胡椒颜色深，但味道不像城里的明显，不知道有没有什么特别的制作方法。我看了看张叶沟的河水，如今已经看不见树叶一样飘零的船。路上行人来来往往，桥承担了水路曾经的生生不息。一勺子馄饨下肚，来不及品味就滑进了饥饿的肚腹之中，一身的温暖之意活泛起来。这哪里只是一碗馄饨，那是将近几代人守候的一碗光阴啊。

我又看了看那支沉默的竹筒，它简直就像一件艺术品。我说它是最后一支点胡椒的竹筒，也不希望它是最后一支。我突然想到了兴化人郑板桥的那"道情"的竹筒，耳畔响起那道情声，是用兴化腔调唱出来的诗情与韵味：

老渔翁，一钓竿，靠山崖，傍水湾，扁舟来往无牵绊。沙鸥点点轻波远，荻港萧萧白昼寒。高歌一曲斜阳晚，一霎时波摇金影，蓦抬头月上东山。

来自三泰的青菜面

在之前的面事文章的评论中，听说文游北路上有一家青菜面极好。这个地方在市区的北缘，本地人按过去的叫法仍称这个地方为"金三角"。这里还曾有一家门朝西的饭店，就名为金三角，是汪曾祺先生题字的。饭店很久不开了，屋舍已经颓废了，但是那题字竟然一直存在，且看起来似乎越发地有味道，不知道为什么汪先生要给这个饭店题字。这个地方叫作"金三角"大概是因为地理的形势。运河从北往南进入高邮城区之后，河堤又分出另外一条进入市区的路，与老堤形成了一个狭长的三角形地带。文游路是城区的主干道，得名是往前不远的胜地文游台，说是宋代苏东坡等先贤喝酒吟诗的地方。"金三角"这一带的村落也有个古怪的名字：钓鱼。州志上看是个古老的地方。我过去往盐城经过兴化，也有这样的地名，不知道是不是和渔民有关系。

汪曾祺先生应该对这个地界很熟悉，也很有感情。他的生母去世之后，就是安葬在这个地段的。汪父还在这个地方种瓜果。当然那时候这里还算不得城市，属于北面的东墩乡。这个乡产一种三白瓜，汪先生后来总提到，我们后来没有见过。"金三角"沿线因为淮江公路繁华过一段时间，但并不是城里人吃饭的地方，不像老城的繁华那么自在和从容。

老季面店在路西面，一早去都是停着的车了和吃面的食客，加之面锅里的水汽升腾起来，颇有些热闹的氛围。门外也有几张桌子懒散地放着，这样的吃食店才有意思。那些一字一板的店面大多是不自信的。青菜面最好，光面或者肉丝面也是有的，但似乎来这里不吃特色的青菜面说不过去。一家面店或者饭店，不能有太多特色，多了就不能算突出的特色，而且特色多了最后都是亏本的买卖。一个特色坚定地做下去，倒是可能有特别的生机。

老板季界青，是原泰兴十里甸乡人——本地人称那个地方的人作"三泰人"，1955年出生的他今年七十岁了。他的妻子倪金燕1967年生，正是本地"钓鱼"人，二人有个女儿在常州工作。1985年，他们结婚之后，老季就定居高邮不再回家乡。在来高邮之前，他与姚师傅学习炸油条，到了高邮之后就租了门面做这手艺。当时的店在现今地址的斜对面路东。三两年后，老季便琢磨着下面条的生意，自谓属于"自学成才"。当时他们用高邮酱醋厂产的辣椒酱，味道很咸，后来就自己做，一年要一千多斤的量。辣椒酱并不是酱，是许多地区都有的一种风味，大概叫水辣椒更准确一点。民人家也有做辣椒酱的，并不十分复杂，咸鲜的口味极好。

原先他的妻子在店里帮忙炸鸡蛋。过去生意忙的时候，一天能下一百五十斤面，现在只下六七十斤。后来大路拓宽整治，就改租了现在的地址。最近几年店面已经转让给戴文娟经营，正是店里现在炸鸡蛋的人。她也是高邮人。季界青现在便是下面的师傅，但大家都是冲着这碗面来的。

青菜面似乎并没有太多可以介绍的，无非是一口辣椒酱有些特别。十六联的青菜面也是用这种水辣椒的。咸鲜的辣味让口舌刺激的印象更明确和深刻。但看着纷至沓来的食客，初来乍到的人口腹中还是有十分的期待。到北郊吃早饭还要排队，那自然是一种特别的体验。看着季师傅排兵布阵一样放下面碗，又逐一地放进调料，水里翻滚的菜与面就像水草一样生动。我平素是不吃宽面的，觉得没有细面糯烂，这是各人的爱好和体会。但似乎来吃特色的面就不该太讲求自己的想法，也就随波逐流地按照主人安排了。特色的东西，尤其是像面条这种平中见奇的饮食，除了内中的乾坤之外，更重要的是一分信赖甚至迷信。没有这一点心理意识是难以成就独特的感受的。

面店的鸡蛋炸得倒是真好，不像一般人家在浅浅的油锅里炸成平扁的样子，那显得平实而单薄。这里的人用深锅，加足足的油水炸蛋，鸡蛋飘在油面膨胀开来，有很深切的焦香。这是一种很豪放的做法，有不拘一格的意思。想想有些人精致到将鸡蛋打到模子里，做成特别的形状，那就是有点装伴，一点自信也没有。一碗面下肚去，浑身的热辣通体舒泰。再想想并没有什么特别，但好像又有说不出的别具一格。见他忙碌也不忍心打扰，要了电话日后联系——过了好几天，电话里说明来意，他似乎记得清清楚楚——你们那天四个人一起来的？做生意，或者过日子就要有这点清爽，才能让人觉得舒服。人们从市中心赶到这里来，不就是为了一碗一清二白的爽快劲儿吗？

老季面店对面有个城北饭庄，我的一个姨哥原先在此开过饭店，也有面条和早餐。我吃过一次肥肠面，印象特别深刻。那时候文游路上车流不息，特别是货车很多，有一种风尘仆仆的感觉。很多货车司机都会停车吃饭，我那时候想，看车子好似偶然经过，但也许每一辆车都有自己固定的饭店，他们在路上也有熟悉的人们。后来这条路改道了，一切就落寞起来，就连老季面店这样的地方，也像人一样苍老起来。

一个人离了家乡来到别处几十年，一碗青菜面究竟是泰兴的味道，还是他后来以高邮为家乡琢磨出来的特色呢？他三十岁来到高邮，其实味蕾已经在家乡的滋味中定型了，高邮可能就只能是他表达乡愁的操作间。就像他一口泰兴话，慢慢听才能听懂，那种腔调是不会改变的。

秋香面店大排香

在高邮有种地名叫作"北头",最北面的地方叫作"贴的北头"。北头过去手工业者居多,但除了引车卖浆之流,也有大户人家,比如"杨八房"的杨家、王宜仲的王家、汪曾祺的汪家等等,有些在城里,有些在城外,但都是在北头。现在城墙没有了,河流也慢慢少了,就成了一大片黑白灰相间的地方。外地人来,我们说是古城,其实日子还是生生不息地过着,有古意,也有新声。看起来巴掌大的地方,其实非常复杂和丰赡。这就是现在的水泥森林不及过去的地方。过去的屋舍之间构成的是复杂甚至神秘的关系,现在的屋子虽然高大但是多数比较空洞,有难度但并没有神韵。

比如梁逸湾这个地方,它的名字就很奇绝。我有一次被王干先生领着去寻过他的旧居,他在一处旧房子前盘桓了很久。那时候我连这个地名怎么写都不知道。去年的时候因为工作的关系,我们在"北头"周边盘旋了好些日子,我几乎是一步步地把那些悠长的巷子一一地走了一遍,当然也包括这附近几乎所有的面店。秋香面店便是其中一家,在水韵星城小区的东门对面。这个小区的名字还是不错的,但是房子开发得很板正和突兀,方方正正地戳在古城的内里。这是一处巨大的不安,不知道人们当时怎么想的。城市的屋子其实也是一处处的作品,它们就像是草木一样会慢慢地生长到日子里去。所以建房子和写文章,下手还是要当心一点的。

第一次在秋香面馆吃面，遇见了住在北头的龙先生。按照他的住处不应该走这么远来吃面，看来他觉得这面是有些特别的。他是老食客，和店里的老板也熟悉，就像是街坊一样打着招呼。高邮的很多面店都有这种熟悉的亲切，就像是家里的客厅厨房一样。面店其实除了解决人们的餐食之外，其实也是涵养情绪的地方，是一个城市温暖祥和的地方。不约而同的一个早晨，坐下来谈几句闲话，面上来之前就着咸菜搭味——这就是平素高邮人说的"不咸不淡的话"。也正是这种话说得舒缓，没有实在目的的家长里短最是抚慰人心。她家的咸菜味道是一绝，这当然和许多面馆人家的手法一样，是日常的风味和喜好。

后来加了微信，我询问了面店的情况，但一年之后才把情况整理出来——我想那些味道应该也和一碟咸菜一样，还是原来的滋味吧。今早请附近的人去拍了一段视频，女老板站在锅前叉面，鬓角的白发似乎更明显了。2010年开的秋香面店，如今已经快十三年了，其间都是在同一个地址，没有换过地方——早前说的学亮面馆就在南面的路口，相去不过百十来步远，可见面事在高邮确实兴盛。女主人叫倪秋香，四十六岁，他的老公叫谢德伟，今年已经五十岁。倪秋香说："因为人家都叫我秋香，慢慢地左邻右舍的顾客都叫我老公唐伯虎了，来我们家面店这一块无人不知晓'秋香唐伯虎'。"

老板的老家在本市三垛镇剑鸣村九组，之前倪秋香和老公都是在上海工作的。她本人在一家手表厂，谢德伟在西门子。学下面手艺是在本乡二沟镇的一家老面馆店学的，也算是二沟镇当地很不错的一家老面馆，起码开了二十几年了。二沟也是个老镇，后来撤并到三垛镇，但地理和面貌上还是一个独立的镇区，甚至有些特立独行的意味。这些镇子都是沿着一条大河立着的。河是过去运盐的河，通往兴化盐城方向的，叫作澄潼河——文天祥曾经走过这条河，《指南录后序》里提到过。过去高邮境内向东依次有一沟、二沟、三墩等等，都是一个个颇有特色的小地方。汪曾祺在小说《关老爷》中写过主人公在沿线这些小镇吃面的事：

> 他不想吃饭，要了两个乡下面点：榆钱蒸糕，面拖灰翟菜加蒜泥。关老爷喝酒上脸，三杯下肚就真成了关公了。喝了两杯普洱茶，就有点吃饱了食困，睁不开眼了。他还要念一会经。他是修密宗的，念的是喇嘛经。

说到面的特色，倪秋香觉得各有各的特色，她们家的大排面有上海风味，可推荐一尝。这大概和她在上海工作生活的经历有关。很多人退守到乡间来，心里还记得过去的味道。这颇有些隐藏民间的意味。我吃了一块，也不知道真正的上海风味是什么样的，肉香总是能抚慰人心的，吃了有饱饱的满足感。对于干力气活的人，吃了一定是最得劲的，但他们不会有这么多的想法，只是大块啖下则可。

她自言酱油都是自家熬的，可没少在熬酱油这方面下功夫。酱油也算是面店的精髓。她在作料各方面都是亲力亲为，胡椒粉都是自家打的——好些面店都是这么做的，所以各种风味各有特长，也难以见统一，可能也因为如此才有趣。我们追捧的咸菜，是她的婆婆腌制的，每年要腌制一千多斤。她家之前也做客饭，后来因为早上要下面中午还要继续做客饭，长期下来精力有限，就没再继续做。倪秋香说："开了这么多年店，结交了很多邻居朋友，有说不完的故事。闲暇时间我老公会跟店里的老顾客们一起去钓鱼，跟左邻右舍长时间相处，她们还是蛮认可我的手艺的，偶尔空闲时邻居也会买好菜来让我给她们加工。"

古城北面有条路叫作薇风大道，那边也有秋香面馆，是她徒弟开的。她徒弟一开始是在面店附近的一个服装厂上班，经常来吃面，后来诚心想来学习下面，便拜她为师，满师后择地开了店面。那个地方在高邮人看来，真是——贴的北头了。

二沟姐妹饺面店

秋香面馆的女老板提到自己在二沟学手艺的细节，我就与人询问起二沟镇上的面馆。以我的直觉，二沟镇上是该有老面馆的。这个集镇一直存在，如今仍颇有些热闹。虽然区划调整过，但仍是自成体系的。现在很多地方生拉硬拽地撤并其实很不合理，一个地方有它内部的生命力和情绪，应该更多地去涵养某种既定的秩序和力量。粗暴地拆或者并是既不符合美学，也是没有智慧的事情。

二沟就像澄子河沿线一串集镇明珠中的一颗，水路是它们的线索。二沟在一沟（龙虬）和三墩（今三垛）之间，很显然这些地名是由地形而来，本地的志书上可见最晚也在明朝。这些地方的传说也很有趣。说高邮有三道沟，一沟、二沟还有三垛的五里。一沟最早称一墩，相传三国时期曹军在与东吴作战时，曾在此地筑过一个土高墩，上有烽火台用于联络，当时称为"一墩"。后来，岳飞在高邮抗金时，屯兵三墩（今三垛）。一日，岳飞诱敌（高太保）退向三墩方向，在距高邮城十余里处的河边，金兵突然连人带马掉进挖好的沟中惨败，这道沟便是岳飞为金兵设下的陷阱，而此战也为这里留下地名"一沟"。也相传是韩世忠抗金，在此设第一道壕沟而得名。一败之后，高太保不甘心，报仇心切，率兵再次逼近三墩。岳飞胸有成竹，率兵西行迎战，交手后假装撤退。高太保怕是重计，先派人试探，过了一沟相安无事，随后率兵直追,哪知在一沟东十多里处,再次陷入深沟,大败。而这第二道沟,便是"二沟"。也相传是韩世忠抗金,在此设第二道壕沟而得名。两败之后,高太保恼羞成怒,又一次率兵出战。岳飞早有安排,依旧先战再逃。高太保两次中计,格外小心,步步逼近。但安全过了一沟、二沟,高太保放松戒备,再次猛冲,在距三墩(今三垛)五里的地方,又一次陷入深沟,兵败身亡。这第三道沟距离三墩五里,便留下地名"五里",至今仍为三垛的一个村名。

二沟现在隶属三垛镇,事实上离一沟更近,姓氏宗族也颇有共同渊源。比如倪姓和汤姓在周边比较多。过去高邮城从大淖出来向东,北岸便依次是这几个集镇。汪曾祺的小说《大淖记事》说道:"由大淖北去,可至北乡各村。东去可至一沟、二沟、三垛,直达临县兴化。"如果恐怕小说有虚,他的散文《我的家乡》又讲道:"我到一沟、二沟、三垛,都是坐船。"现在大致的形势还是这个样子,到二沟镇大概三十里。明隆庆《高邮州志》记载:"第二沟在州志东三十里,南通运盐河,北下海陵溪。"

这里是个老地方,且形势未有大变化,故应该有旧味道。是晚与吴二爷在明星浴室闲谈,想起他过去曾在此工作,立刻央其询问,果然有线索,次日一早便直奔二沟而去。这个地方我本也是熟悉的,过去在一沟工作时常来镇上凤清饭店买猪手。这家饭店的卤菜是一绝。进得乡人所指的面店,招牌并不明显,只在阳篷布上有姐妹饺面店字样,隔壁也是一家面店,同样门前又都有包子蒸笼。

一位大姐在门口包馄饨,手法很熟练。见客来又忙着招呼,转身又去关照蒸笼。店里的各种招呼,忙得不亦乐乎。门口有散漫的桌子,店堂里有客人满座,后屋庭中有忙着包蒸饺、烧麦的女师傅。主人说肉丝面是特色,转身看见下面的锅边堆满放了作料的碗。生意好的店都有这种格局。令人惊喜的是,看见了一支放胡椒的竹筒,一下子改变了前次所言八桥有最后一支胡椒桶的简单判断。这是令人高兴的事情——虽然证明我说错了,但从那故旧的程度来看,它承载的岁月和延续的日子还是令人欣喜的。一些老的办法到底还是顽强的,不像我想的那么脆弱。

肉丝面和蒸饺,是不错的搭配。面是底气,肉丝味水足,再加上一个内里油水足的蒸饺,真是十分满足。这样的早饭吃下去,到中午脑子里都油晃晃的。面条过多是我以为的弊端。平素下面的时候,我总特意关照面少。一口面其实才香,吃的时候简单舒服不至于累赘,到中午仍有食欲才是好事。面条多,吃得慢了就会坨掉,越吃越没有滋味。勉强吃下去,中午吃饭就少滋味。这都是不好的体验。当然,这是我们干脑力活的人的矫情。在面摊上常也有抱怨面量少的,有些身腰大个又体力消耗大的,一口面是不够的。肉丝面有卤子,肉香和卤子实际上掩饰了面的味道,吃的是面之外的享受。

姐妹饺面,当然是姐妹一起开的。姐姐汤小萍五十岁,妹妹汤兰萍四十八岁,老家是老镇张陈的——这个地名也古旧奇怪。姐妹二人在此开店十年,原来的店主是姜红梅,快六十岁了,之前就开了二十几年。姜红梅是在三垛学的手艺。秋香面馆的老板就在这学过半年的手艺,面店的人都记得她。后屋做包子、蒸饺的师傅戴云霞,是在店里学的手艺。她们的蒸饺很有滋味,里面放了皮汤,所以鲜嫩。

走的时候,又见到几个老街坊,攀谈起来又说隔别的面店也不错。好不好,其实在面店自身,也是在食客——各种滋味其实众口难调,有时候实在是中得主人意,才是好把戏。但一爿店开了几十年,就像二沟镇有几百年的历史,内中一定是自有乾坤的。

好吃面馆的鲫鱼汤

好吃面馆是偶然发现的，尽管店面在我上班必经之路边上。高邮城里的面馆太多是我不大注意它的原因之一，同时我们对于身边好些事情总会习焉不察。这家店的北面不远，就是之前我总带孩子来吃面的柳记面馆的旧处。现在这段路东侧似乎就这巷子西端这家面店。对面有家宝塔手擀面，似是原来宝塔小学门口那家搬来的。以前孩子在宝塔小学幼儿园上学，我天天早上送其上学，那些早上就沿街寻面吃。欣欣、柳记、宝塔手擀面都吃得不少。宝塔小学附近真有宝塔，是高邮人熟悉的东门宝塔，也就是净土寺塔，寺庙没有了塔还在——是明朝的塔。

第一次去好吃面店是冬天，店主问了要什么面——我依然说是"干拌拖点汤，面养一下"。这是固定的格式。一段时间来我还不吃荤油。这是很不恰当的做法，面汤里脂油、黑胡椒以及虾籽是味道的"三宝"。很多人疑心脂油的来源或者担心脂肪含量，可以理解但多少是有些遗憾的。当然，并非完全是食客矫情，现在的面馆也是有一些问题的，可能比较突出的是对油、酱油以及味精的意见。好的脂油极香，小时候用来拌白饭，炒菜当然也好。不过后来有些人起了歹念，浑水摸鱼的油掺杂进来。听说清亮而不易凝固的才是好油。好些店家下午都是炸脂油的，这是良心的事情。酱油的用量也大，用什么品牌以及熬制的诚意也是问题，一般的食客并不那么在意。偶尔在意的人吃到了，也不十分计较，几块钱的事情就一笑了之。但很多人都面对这事就是大问题。味精的量也是问题，这种办法可以简易地生出强烈的鲜味。这些只能靠店家的良知。

　　店家问要不要豆浆或者鱼汤。我第一次选了鱼汤，以后来就都点，有时候还喝不到。鱼汤面和干拌面加鱼汤是两回事。鱼汤拌面和鱼汤下面实际上口感也有很大的差别。鱼汤面鲜在汤面融合，但与吃干拌面并喝汤有不同的体验。同样是鱼汤面，面在水里熟透了入鱼汤更好，用鱼汤直接下面味道则大为减少。后者是家常或者酒店做法。讲究的还要过桥，用热汤接熟面，口感更加丰盈和饱满。面身里似乎有一种消耗汤汁的物质，只有在热水中才能卸掉，这样和鱼汤一起才不至于降低鱼汤的内质和口味。我是更喜欢吃干拌后喝鱼汤的，我觉得这样两全其美又互不干扰才好。这可真不是穷讲究，虽然都是下肚子在胃里融合，口感的层次和分别还是很明确的——如果没有这点认识或者讲究，就很难谈什么味道，当然充饥也未必如此矫情。

　　好吃面馆的鱼汤有浓香。鱼汤的乳白是难以勾兑的。浓稠中的颗粒感才让口感充实和满足。现在的食物很少有那种诚意，是因为聪明的办法很多。这不仅仅是食品安全的问题，即使一些科技的手段被证明是安全的，但对于食物本身的虔诚和理解来讲，一些聪明甚至狡猾的方法是充满罪孽的。我们一方面自称有着美食文化传统，一方面又在不停地用可怕的科技去稀释与解构这些传统，这是令人失望的地方。对于食物本身，我们不再是关注食材和手法的真诚，而是想着替代和暴利，这真不是一个饮食从业者应该做的事情。当然这些只能期待于某种信仰的树立。

　　汤焐在锅上一直是热的。我知道装碗的时候一定还要加盐、味精和胡椒。现在的掌勺者对自己的味觉和手艺不太自信，似乎一定要充分甚至过分才能征服食客。所以味精好像成了他们的救命稻草。久而久之，我们对于食物的想象竟然也依赖于极致的味道，齁咸、变态辣、奇鲜、巨甜、狂酸甚至嗜苦也能成为流行。这是因为我们被过度的味道圈养和俘虏了，失去了自信的能力。其实大多数食物的本味更应该是平淡才是真实的，过分的味道会给满足以失真感。这既是一个生理问题也是一种心理疾病，是需要重视和修正的。所以，我每次舀鱼汤之前，都轻声请主人把味精概了去。我并不是自私，我知道不仅仅是下面的师傅需要这点味精给自己的汤水带来稳定的印象，可能有些食客也会因为缺少那种极致的鲜味而不安和疑惑。我可能还不能做犯众怒者，否则是要被城里人骂"假且"的——真正是谁懂，对于吃食来说，还真的就很难说。

鱼汤上来的时候，上面漂着一层厚厚的香菜，真是让人有一种很满足的感觉。有些人家如柳记是用韭菜的，但如果烫不熟的话口感会很不好。鱼汤上漂着香菜叶或者韭菜叶，就会让人觉得这是水草，碗里面游动着鲜美的鱼。

下面的女主人叫吴琴，家在千佛俺巷47号，二十六岁开始下面，也有二十九年的历史，是个老师傅了。这个老板很有意思，又自信又不愿意多说。采访的提纲给她，几次都说了些外围的话。她是很有些自信又自我的。又一次去见到门关着，我心里一惊——一家关注已久的面店关了就像一家书店关了，那多可惜，况且她的面下得确实很不错。后来又来看，又恢复营业，吃面时候听人问她——她说，我出去旅游几天，你们知道的，我想要出去走走就要去。这倒是很有些意思，一件事做了一辈子，我们除了赞扬，也还要理解其中的辛苦。她自己能这么想，一定会很快乐。做饭的人如果不开心，食材再好也是很难做出好滋味和情绪的。

她在语音里说，自己的鱼汤不会二次掺水，卖完就没有了。果真是这样就很好，因为下次就会有更多的人来——面条和鱼汤再好吃，当然也要有好吃的人来。

一碗长鱼汤

先前在龙虬工作的时候，和浩子去吃过这家长鱼面。鱼汤厚实醇正，浇头味水足，吃了很有一种满足感。味道浓重、分量足的食物，容易引起人们的某种畏惧，生怕吃了之后总有某种挥之不去的油腻或饱胀——也就是人常说的吃撑了。后来又去吃过几次有些印象，但因为泰北路距城区有些距离，所以也难得专门去吃。高邮人吃面，讲究的是"顺便"，所以很多时候最好吃的面是"我家楼下的面馆"。后来张君再次提到这家，又去品尝了一碗鱼汤面加肉丝——肉丝只放盘子里当搭味的菜，这样不至于把乳白的汤弄浑浊了，也是一种很清爽别致的吃法。

店主人叫吴冬琴，是位"80后"的老板，老家在本市横泾镇三联村。她的手艺是跟姑姑学的，是从宝应氾水镇学来的手艺。这个地方是宝应县与高邮北部相邻的集镇，过去人讲"金氾水，银宝应，铜打的高邮，铁做的界首"，氾水这个地方的长鱼面闻名遐迩，高邮城里也有很多家。虽然手艺是源自氾水，但他们也根据自己的理解和体会做了改进，特别是参照了金湖的做法。关于这种做法，吴冬琴讲："氾水的长鱼面主要分两种：一种水煮，用长鱼背在锅里用长鱼汤烧的；另一种油爆，是用长鱼肚在油锅里炸一遍再用鱼汤煮。金湖基本都是炒的，这就是区别。"金湖的口味稍微有点重，大多数浇头都是现炒的，长鱼面也是以爆炒为主；氾水基本以水煮为主，肉丝也是水煮的。

其实这几个地方说起来属于三个县，其乡风口味极像。金湖原来就属于高邮，这个地方的人唱民歌也唱"高邮西北乡"。他们的口音也一样，只是所在地理位置的区别。我有个同学的父母就去宝应做过长鱼汤面的生意，可见他们对自己的手艺还是比较自信的。《山海经》记载："湖灌之水，其中多鳝。"长鱼就是黄鳝，运河沿线的淮安、宝应和高邮等下河地区的水乡都喜食，软兜长鱼是淮扬菜里的名品。清人徐珂在其《清稗类钞·饮食类》中记载："淮安多名庖，治鳝尤有名……且能以全席之肴，皆以鳝鱼为之，多者可数十品。盘也，碗也，碟也，所盛皆鳝也。而味不同，谓之全鳝席，号称一百有八者。"这道菜做浇头面那当然是上好的。

食不厌精，本地人把长鱼按大小分得很细。有笔鳝，一斤六条左右炒；有马鞍桥，一斤四条左右烧肉；有焖张飞，一斤两条左右光烧。之所以叫软兜，是因为早年间作坊小，锅小，佘杀时怕鳝鱼会逃走，所以先用布兜或软兜兜起，再放入开水中烫杀。此外，软兜也指上菜后，客人用筷子夹住里脊肉，里脊肉的两端下垂，就像孩子的肚兜——这些又都是之外的话，离一碗面远了，但有意思。

吴冬琴一家人原来在盐城开店。这个地方的鱼汤面也出名，尤其是东台的鱼汤面，在面条的排行榜上排到了全省的前三，甚至第一。这种排法其实有很多主观性和局限性，没有办法去量化。好多没有排名的面未必就没有特色。之前他们一家人在盐城城南新区商业街开了七年，店名叫氾水长鱼面。后来因为那边街道管制一条街没有车位影响了生意，加上孩子上学，一家人才回到老家高邮开店，今年是第六年。

吴冬琴家的面馆特色就是长鱼汤，加上各种浇头拌面。鱼汤都是选用新鲜的长鱼，经过清洗、焯水、油炸，以及四个小时熬煮而成，不掺杂任何香料和香精。肉丝都是用新鲜的前夹肉腌制炒制而成，每一份浇头都是现炒现做。雪菜是从市场上买的大叶雪菜，这种雪菜叶多，根茎少，口感更好。

很有意思的是，吴冬琴家面店里有位书家的题词：长鱼汤面味水一绝。落款：吴生龙先生雅正，庚子初冬柏甫定。吴生龙是吴冬琴的父亲，今年五十九岁，横泾镇三联村人；其母亲沙龙香，今年六十岁，也是横泾镇人。柏甫定这个人很神奇，我和徐晓思先生去看过他。他在哪里呢？他在二沟一处虾塘搞养殖。到了他的虾棚，里面挂的都是他自己写的字。我以为他的字是有些境界的。据说他的经历也很传奇，过去是唱淮剧的，后来一直痴迷书法。我觉得撑船的手照样能抓毛笔，就像吆喝鸡鸭鹅的嗓子照样能唱戏。我一直觉得他是个世外高人。吴冬琴的叔叔和他有点渊源，得了这幅字，但他们也没有见过题字的人。后来有一次柏甫定本人凑巧来到店里吃面，问起这幅字，他们当时也表示没见过本人，后来他说他就是"本人"。当时他们就觉得太有缘分了，让他品尝了本店特色长鱼面——厨子的汤，唱戏的腔，这事情倒是真有意思了。

吴冬琴说："很多顾客从外地回来都来店里吃早餐，也有外地的顾客让我去外面开店，去上海、苏州那些大城市，但是因为孩子在老家上学，一直也没有再出去过。"其实他们的生意也有艰难起步的时候。在盐城刚创业的时候，一开始生意不好，想转让改行，贴了转让告示。一个老顾客每天来光顾生意看见了，立刻将转让告示撕了，说才开了个把月还有很多人不知道，味道这么好怎么可能生意不好，让他们不要着急，再等等。后来几个月，生意确实慢慢地好起来，每天营业额达到五六千，因为生意火爆，江苏美食网还给他们颁了奖牌和荣誉证书。

一碗里下河的汤，是一种独绝的滋味，也是一种坚守。

汪曾祺笔下的跳面

新华日报社的李源君讲他老家江都仙女庙镇有家"刀面馆"开了几十年，他在上学的时候每天总要去吃一碗。后来他回乡时解馋专门又发来面店的照片，一年后我慕名去一吃，果然名不虚传。上周末在江都开会，散会后又去吃了一次韭菜肉丝浇头面。那味水依然醇厚，面身筋道十足，非一般面条所能比。我们平素吃的面条主要是味道的差别，面本身都是一样的，多是机器制作的。当然这可能是南方与北地的区别。北方人善做面食，面条是自己做的，首先面身就独有秘诀，而不仅仅在汤水和辅料——这有些像写作文，有人写出的是缥缈的意境，有的讲出了十足的滋味，有些又是靠着扎实的资料内质取胜，这是各有千秋的事情。

江都的刀面馆是手工面，核心是"人跳"和"刀切"，是完完全全的手作。刀面馆浇头的式样也是琳琅满目，汤水中的酱油也是秘制的，可谓是一碗"实"与"味"兼得的面条，是一篇形质兼备的好文章。之前在摸索高邮面条渊源的时候，曾注意到乡人汪曾祺先生在《吴大和尚和七拳半》中提到一种跳面：

原来，我们那里饺面店卖的面是"跳面"。在墙上挖个洞，将木杠插在洞内，下置面案，木杠压在和得极硬的一大块面上，人坐在木杠上，反复压这一块面。因为压面时要一步一跳，所以叫作"跳面"。"跳面"可以切得极细极薄，下锅不浑汤，吃起来有韧劲而又甚柔软。汤料只有虾子、熟猪油、酱油、葱花，但是很鲜。如不加汤，只将面下在作料里，谓之"干拌"，尤美。我们把馄饨叫作饺子。吴家也卖饺子，但更多的人去，都是吃"饺面"，即一半馄饨一半面。我记得四十余年前吴大和尚家的饺面是120文一碗，即12个当十铜元。

汪先生所讲的跳面，和我在江都仙女镇所见如出一辙。江都在高邮往南，其邵伯镇与本县车逻镇接壤。小的时候就听说，高邮到邵伯，六十六（里）。这里的人有一种好手艺：治眼疾。先生的第二个继母姓任——任家是邵伯大地主，庄园有几座大门，庄园外有壕沟吊桥。汪先生的父亲是眼科医生。两个镇都沿着运河而居，虽然各有所属区划，但乡风口音几近。百里之内的地界，有同样的食俗也实在不为奇。比如此番去刀面馆吃面，在老街上竟然见到了一块招牌"高邮特色面馆"——究竟是江都人学了高邮人的手艺，还是高邮人来江都献艺，或者只是本地人用了高邮面的名气却也不输高邮的手艺，那都是说不清楚的事情。

第一次去刀面馆，拍了资料索了号码，但联系未果。老板忙得很，似乎脾气也不好——我本想买些面条回来，但被果断地回绝，听那口气中是有傲娇甚至厌烦的。凡是有些绝活的人常有不同于凡人的脾性。我家乡最北面有个乡镇临泽，本来是远得有些隔膜，偏偏出了一种名食：汤羊。汤羊也就是羊汤，听这名字就十分的古怪。老板姓王，少年时候混得也是蹩脚，人们就赐诨名：王四瘪子。后来他琢磨出汤羊来，一时有名满天下的意思，店门口挂着某电视台采访的照片。于是，王四瘪子的称号除了做商标之外，人们就不敢轻易喊，人见了都尊称一声"四爷"。四爷发达之后脾气就大起来，食客们上门来，他黑着脸一边切肉一边骂道:"哪有这么好吃的？都跑来'医'！""医"是本地骂人的话，说吃饭如医病的意思。但是被骂了的食客似乎心里还是快活，乐呵呵地掏钱治馋病，像是专门要来讨好一般。

王四爷的这种做派和刀面馆老板的脸色是一个道理。因为采访不到具体的事实，所以也就不再纠缠——但是一碗面和手艺人的身世究竟有什么关系也未必那么重要。幸而在网上搜索到一条信息，大概可以得知一些细节。这是本地电视台的一次采访，刀面馆的王老板夫妇对面条的理解很是到位，兹录于下：

> 老板娘介绍，想要面条有筋道，一定要用高筋面粉，同时发面碱水也有讲究。夏天要多加碱水，面团才能醒透排酸，冬天则需减少碱水的量。揉面需要十分钟左右，如果揉不均匀揉不透，擀面的时候容易断。
>
> 几十斤面粉，经过泡发、揉捏变身成大面饼，要让它苗条起来变面条，有个至关重要的步骤——跳面。据了解，这一步骤需要至少一个半小时，经验老到的王老板可以凭借手感判断面饼是否已经擀好。
>
> 只见王老板将擀面杖一头固定在墙洞里，然后举手揉面，随着擀面杖晃动的惯力，身体随之边揉边跳，擀面速度大大加快。由于面团经压制，面筋产生，此刻它变得极有韧性。
>
> 一个半小时后，厚面饼薄成了饺子皮，到这会儿，大厨要秀刀工了。王老板介绍，切面的手法和切干丝差不多，是一种常年累月的积累。不过面条比干丝更有韧性，切的时候不止手腕用力，手指上的分量也要拿捏到位。
>
> 王老板介绍，他们家从爷爷辈开始就在江都卖手工刀面，至于跳面的功夫，往前还能数几百年。手工刀面最辛苦的步骤

就是跳面，不管严冬还是酷暑，每天三点就要起床准备。眼下机面流行，没有年轻人吃得了跳面的辛苦，手艺面临失传。

很多手艺总是会面临一种悲凉的结局。因为机器更加标准和迅捷。这就像是王老板那把残破的刀，内中有一种境界，也暗含着危机。就像人们这些日子以来总在谈的人工智能，以及被一再提起的将要被机器代替的写作。但作为手艺，面条和写作其实在某个人的手上，仍然有某种机器无法取代的优势。这就像汪先生在《揉面》一文中写的："使用语言，譬如揉面。面要揉到了，才软熟，筋道，有劲儿。""写作也是这样，下笔之前，要把语言在手里反复抟弄。""一个词，一个词；一句，一句；痛痒相关，互相映带，才能姿势横生，气韵生动。"

这些道理只能是手工才能产生和参悟的。

面碗里有轮思乡的明月

陈石奇先生告知我川青有一家德红面馆很好，便驱车五十公里去一探。我在任教的时候就认识陈先生，他是个老实人，一直醉心搞儿童诗。川青小学的芦花少儿诗社在全国都有些名气。他总是默默的，但谈起诗歌的时候却很有激情。就像乡里的一家面馆籍籍无名，走进去见到老板忙活的热乎劲，才知道是一碗好的吃食。

川青这个地方原来是一个乡，后来因为烈士徐川青改了名字。徐川青是上海崇明人，1916 年出生。1944 年 3 月 27 日晚，其所在部队移驻临泽附近的北港乡沙家大圩，次日凌晨遭遇临泽据点伪军李虎臣部一个连偷袭，哨兵发觉后立即开枪报警。徐川青率领战士同敌人战斗时右臂负伤，虽然经过几天全力抢救，但终因流血过多抢救无效光荣献身，年仅二十八岁。1944 年秋季，当地党组织和群众为了纪念徐川青烈士，将当地的北港乡命名为"川青乡"。后来行政区划调整并入临泽镇，但老集镇仍存。

在陈石奇的带领下来到德红面馆——他一早就来等了。他几次发微信给我令我有些感动，有些事情就是靠着一个人的执着撑着的。诗歌或者面馆是一个道理。女老板谢德红，川青东平大队人，她的爸爸是原东平老支书。她今年五十四岁，是面店创业者。她的丈夫葛寿华，川青小葛大队人，今年五十一岁，原川青自来水厂职工，后辞职回家帮爱人开面店。开面店之前他们做过很多生计，比如开过水暖器材店，但是因为赊账太多而改行。开面店也没有拜过师傅，完全是自己摸索的。

  进了面店一介绍，女老板就忙着炒肉丝。锅里本来是有多余的青椒肉丝的。但是现炒的肉丝当然更好，显示出一种诚意和朴实。她自述自己学下面颇费了些周折，一开始一天才下两三斤面。当然，过去乡间和城市里是不一样的。我们乡下人更习惯在家里做早饭，就是吃个鸡蛋也觉得奢侈，总说家里有的是鸡蛋。上街吃碗面就是一种消费，在人们看来更可能是一种浪费。谢德红后来去各地吃过面，比如临泽老卞家面店，高邮的甚至常州的面店，她都去学习过，但总觉得味道不对。于是就回来自己琢磨，从酱油调料开始一步步地琢磨，摸索了七八年总算有了心得。那时候她总是失眠——她骨子里有股倔强的劲头，一定要把面条的味道给"研究"出来。

  下面是有讲究的，比如干拌作料就要放淡一点，这样面就会显得鲜甜。当然这也和熬制酱油时放冰糖有关。下面的时候火候把握有个口诀：面烂的时候要抢，面硬的时候要养。谢德红觉得煮面条还有个大忌就是盖锅盖，她以为盖锅盖面就会变烂。这当然是火候问题，大多面店也都是不盖锅盖的——而镇江的锅盖面又是必须盖锅盖的。据说下河有些地方煮鱼也不盖锅盖，说是这样没有腥气，这就有些令人感到神秘了。她家的面条肉丝浇头极好，一种浓郁的鲜香和面搅拌在一起，咸淡适宜又夹杂着青椒的清芬，是很爽口的吃食。一碗风卷残云，吃后出门透透气，心神里好一阵云游般的自在。

  面店里大多是闷人的，有空调也不大顶用。面锅里的热气虽然被间隔开来，但仍然有余威。开面店是件辛苦的事情，见钱也见血汗。每天早上四点半起来，过去烧的是炭炉还要更辛苦和烦琐。夏天的时候炭火和水汽往人身上扑，整天没有一刻清爽的时候。这个食客是可以感受到的。即便是现在改电了，下面的师傅总还是要在水汽里去看面和叉面，就像是拨开云雾，寻找生活的答案。谢德红家的面店平时下六七十斤面，节假日要下一百五十斤的样子。她自述自家的面头要比别人家足，一碗有三两三的分量。对于面的多少，现在计较的人也不多，一般人都是嫌面多的。早上的面吃得太多，中午胃口就不香，所以宁愿少一口。当然，干力气活或者天生饭量大的，多要一口面也不在话下。

吃面的时候，我抬头看见了桌上的苋菜鼓和麻咸菜。麻咸菜是常见的，一口就吃出来是野生的。野生的麻菜有一种轻微的辣味，腌熟了之后就有一种特别的风味，若有点酸味和这麻菜味道相融，那就真是无比的美妙了。腌咸菜和做文章一样，可能用的字是一样的，但各人怎么用自有心得，所以有些惊艳，有些笨拙甚至愚蠢。有些食物确实是会被做得愚蠢的。她家桌上有苋菜鼓，这个在一般面店是不多见的。苋菜鼓算是一种比较家常的吃物。我觉得北乡的人——包括兴化人做的苋菜鼓味水深重一点，这是不是和水土有关系？他们做的苋菜鼓，尤其是冬瓜皮沤得几乎要有酱的浓重。我有个同学总是带这种苋菜鼓，很下饭，我也很想吃。可惜他瞧不起我的穷困，总是背着我吃。我能闻到他那个保温瓶中的味道。

我们家乡也是做苋菜鼓的，老卤沤的东西可以有豆腐、冬瓜皮、鸡毛菜——当然苋菜秆是本来的做法，饭锅上蒸出来的很清冽。谢德红家的苋菜鼓还是北乡的味道，很浓重，在卤水里时间长了，苋菜秆已经腐臭——正是这口味道才最醉人。问她腌苋菜鼓的要点，她说了两个重要的字——淹汤，就是汤要淹了沤制的物料，这是下河人的办法。

她又说：腌咸菜的方法在各人的手上。

这是有道理的，面条的技艺也是的。如果要问哪一家最好，那自有各人的做法和理解。很多时候面又是附着了人的主观感情的，当然也是由客观环境决定的。有段时间附近的鱼市场甚至高邮的店家请她去下面，后来她又回来了——这不仅仅因为自己生活不方便，一碗面离开一个地方就不是那个地方的面了。德红面店里也常有人来把面打包带走,比如一个常州的客人每次带六十份回去——他带走的是面,也是川青街头的一种深情。叉面出锅的时候,面碗里一定有一轮思乡的明月。

品江南时忆故乡

十二年前,我曾经写过一碗镇江锅盖面。这家面店先是开在蝶园路一个小区的巷子里,后来又在商品街南首开了一段时间。那段时间我和萧竹君总是去吃,当初就是他引我去的。这家店的老板是镇江人,他的面条下得极好,至今没有吃过那么醇厚的汤水。他有一次不经意地说要回镇江了,下一次去真的就找不到他的店和人了。后来想想真是有点悲伤,有些人说起来和你并没有关系,但一次离别有可能一辈子就再也不见。我后来还问过一些熟人,其实如果去找也能找到,但想想还是作罢——找到人家说什么呢?

以后我觉得再也没有吃过味道更好的镇江锅盖面,包括西津渡老街上过电视的那些店。近日听刘君说欧洲城第二街区有一家锅盖面好吃,将信将疑地去尝,果然名不虚传——这对我也是某种心理上的安慰。

这家叫作品江南镇江锅盖面的店开了八年。说是锅盖面,但是是高邮人开的,手法从镇江学来,但终还是有本土化的意味,算得上是高邮面条。就像是肯德基这样的快餐店,虽然有外国工业化的标准和流程,但一定也有本土化的意味——面条和其他的产品有所不同的是,它多少是有个体的思考和体味的,个体的思考越多,可能风味越独特。这爿店2016年开业的时候在中山路老一小西大门南侧,取名汤记镇江锅盖面。2018年,该店搬迁至欧洲城二期西区北门老车站南大门对面,其间经历了车站搬迁、海潮大桥封行，市口多少还是受影响的。店主汤珍宁今年五十岁，高邮镇丁庄村人。他的家属朱在慧今年五十一岁，在店里负责炸鸡蛋、炒浇头的事务。

汤师傅的锅盖面手艺是在镇江福记锅盖面学的，师傅仇福新，人称雅福，在老一代镇江人里很有名气。汤珍宁在那边帮工三年，边做边学，慢慢就掌握了技术。一碗面，汤水占半碗江山，镇江锅盖面的汤料有一种酱香味，非常迷人。这种酱香比高邮酱油的味道要醇厚。问店家才得知原来酱油必须是恒顺酱醋厂的锅盖面专用酱油，加多味药材精心熬制。由于是黄豆酱油，故酱香味特浓。加上大骨头汤调汤，味道醇厚——不过镇江的醋据说也是来自我乡临泽的，现在临泽街上还有恒顺酱醋厂和京江会馆的旧迹。

除了汤料的酱香气迷人，锅盖面里的衬菜也让人很有好感——生菜、豆芽菜、韭菜、豆干。豆干是祖名的软香玉味干切花刀，形式和口感都是一流的。我听过很多关于锅盖面的传说，关于锅盖的作用也有很多，最集中的说法是锅盖利于面的糯烂并且留有杉木的香气。我觉得这是稍微有些神话的说法。我问汤师傅，他讲的传说倒是很稚拙、本分而且生动。他介绍道："锅盖面的锅盖现在其实是一种传统手法，但却因锅盖得名。乾隆皇帝第一次下江南，沿古运河南下到镇江西津渡登岸，去了张嫂子伙面店吃早饭。张嫂子由于起迟了，着急忙慌地把小汤罐盖撂到锅里去了，恰恰被进来询看的乾隆发现了。乾隆吃了面后直说锅盖面好吃，由于皇帝讲的话是金口玉言，这件事就被慢慢地传开了。从此，镇江锅盖面名声大振，流传至今已有两百多年历史。"

锅盖面用的面和高邮的面条不一样，是小刀面，以前叫跳面，又叫伙面——与之前所讲的江都的跳面就属于一个类别。小刀面筋道滑爽，和高邮的阳春面不一样，阳春面为水面，易烂。镇江这个地方离高邮不远，倒是颇有些奇怪，其实也就是一方风物罢了——镇江有三怪：香醋摆不坏,面锅里煮锅盖,肴肉不当菜。

品江南最有特色的一款面是红烧牛肉锅盖面,一勺牛肉加一勺牛肉汤,再加点香菜,简直一绝。他们家还有一款自主研发的炸酱干拌锅盖面,据说回头客特别多。他家的面条在高邮远近闻名,北门大街、北开发区那边都有人赶过来吃。他们过来都告诉老板,他们是从很远的地方来的,特地来吃这碗面。以前车站在东区的时候,好多镇江人下车过来吃面,吃过的都夸口味好。

第一次去品江南吃面,我就不禁说起了原来认识的那个镇江人老赵,这事情大概过去十五年了。想不到汤师傅是认识这位老赵的,竟然还有过想跟他学习的经历。汤师傅说道:"以前在高邮蝶园路下锅盖面的镇江老赵是我的老相识,那时候我经常去他那边吃面,一来二往就跟他熟悉了。然后我说想跟他学,他说不带徒。没办法,我就去镇江给人家打工,边做边学,在那边做了三年,手艺差不多也学成了。然后自己回来开店,开店期间也不断创新。以前镇江那边的浇头基本上都是烫的,我们这边的人吃不惯,现在我们基本上都是炒浇头!"

他家的肉丝浇头不是现炒的,而是直接焯水烫过,这也非常特别。

当年我在《扬州晚报》写过一篇文章,那时候吴静还是副刊的编辑,我是这样写这碗面条的:

  我认真地吃了很长时间的镇江锅盖面。在果腹充饥的同时,我更是在与一爿店面及其主人相处。渐渐地我们熟悉起来,他在生意闲暇告诉我自己来这里多少年了,自己的女儿在城里的某一所学校教书,他将在大年三十返乡过年,等等。走的时候,他又会在忙碌中招呼一声,就好像是很熟悉的朋友一般。

  一个人可以在他乡找到故乡,一碗面条也可以。

解酒的牛骨汤

很早就去琵琶东路的董记牛肉馆吃过面。第一次是听朋友讲汤面解酒，于是某个周末宿醉的清晨就去一探。那时候进城不久，对一切吃食都好奇。我的这位朋友也是老饕，他去吃牛肉面，各种说词和讲究我已经记不得，单有一条是：一定要把一碟子雪菜和汤面拌起来吃下去，还要把碗里的汤喝个底朝天。用他的话说——这才是在行的吃法。面条的好吃当然首先在自身的质地，但是各人味蕾的感受以及吃法的差异，也会让一碗面有不同的滋味。所谓在行有否，确实多在于各人的做法和看法。比如汤面，好多人家都是清水下面，面熟了拌进碗里的汤水中。但董记的面条是直接用牛骨汤下面，让面条充分吸收汤汁，这样吃起来更加鲜美。

这当然对于汤就有更高的要求。这碗被客人传说解酒的汤是怎么炼成的呢——其中当然是有奥妙的。这爿店的女老板杨露这样娓娓道来："吃过我们家的牛肉汤的应该都知道汤底非常的纯厚，客人们都笑称其是'醒酒良药'。汤都是我爸爸每天夜里，用口径两米多的大锅熬制一夜。我们的牛骨汤不掺杂任何东西，全是用的牛骨头。每天一百多斤牛骨慢慢熬制，大人、小孩、老人都可以食用。牛肉采用牛里脊肉切薄片，每天一大早现切现卖，保证原材料新鲜，让我们的新老客户吃得放心！"

杨露是本地周山人，她的父亲叫杨金孔，原来开出租车，母亲叫施立干，与父亲是同村人。他们二老都在店里帮忙，父亲负责熬牛骨汤，母亲在琵琶路店下面条。和杨露一起创业打拼的丈夫任超是山东潍坊人。创业之前杨露做过教师，任超在一家不错的事业单位工作。杨露谈起一开始在琵琶东路创业开店，就是源于从小就酷爱经商，在大学就开始做些小本生意，工作后就想着回家乡创业。创业需要资金，需要人手，她就跟当时的男朋友（现在的老公）还有另外一个大学同学一起开始艰难的创业之路。为什么选择做牛肉生意？杨露说："当时我们在外地上学，也是经常吃牛肉，想着当时高邮能不能也做一些好品质的牛肉，货真价实的牛肉汤。没有多想，我们三人当时就开始出去学习研究。"

杨露的店对于面和汤的研究可谓用心良苦。面条是他们自己做的，有独特的配方不可外传，据说因鸡蛋放得尤其多而独有风味和筋道。他们之前也出去学过，但是有些东西不适用，难以在本土落地，所以都是自己慢慢地琢磨，这前后就花了两年时间。一开始他们回高邮开店的时候，她的大学同学下面条，高邮本地人都觉得不好吃，一天十碗就已经是顶峰。慢慢地，他们就自己开始研究每一个细节：牛肉煮多久，面条比例多少，牛骨与水的比例，熬制的时间，等等。

杨露回忆起那段日子，说："每天我们所做的事情就是跟食客交流，听听他们的建议。我是觉得我妈妈悟性很高，她也是一开始就加入我们的。一开始她熬汤，但当时做得不好吃。她就每天在厨房研究，一碗一碗地下。基本上我们每天都是吃面条，拿我们自己当试验品。"母亲说的一句话，让杨露觉得自己受用至今，她说："你记住，做生意跟做人一样，你自己都不吃，你自己都觉得不好吃，为什么要卖给别人。"话虽然朴素，但很有道理——这不就是推己及人嘛。

对于做汤，杨露父亲的执着也有缘由。她父亲在其没出生那会儿是木匠，这可是要一字一板的事情，不能半点走线走字搭浆，所以他这人也很"古板"，更有些朴素的耿直。一切东西他坚持用好的，现在家里汤头都是他自己熬的。要是别人说他熬的汤不行，他就会很生气，立马要与人争执。有次人家在店里说你这汤这么浓，肯定加"东西"了。他当时就要带人家到家里看他放了多少骨头。他们家做面师傅也都是自己家人，面都是一碗一碗做出来的。以前有人讲，面条为什么不能像别人家一样，一来就做十几碗，那样又可以省时间，做得也多。但为了保证质量，必须坚持这样做。

因为他们家宰杀牛，而做汤下面条只是取牛身上一小部分肉，其他部位没有得到充分利用，成本高，食材也浪费了许多，于是后来推出了全牛宴。所谓全牛菜式有九里香、牛气冲天、红烧牛尾、酱香牛骨、酱汁牛肉、清炖牛鞭、爆炒牛肚、雪菜炖牛腩等等。店里也做成品的牛肉，盒装的通过电商卖到外地，或有客人买走自食或馈赠亲朋。在平原上牛羊并不多的地区，把牛肉的生意做得红红火火，也是实在不容易的。

因为一切事都是自家人在做，所以杨露回首自己的创业路，总是觉得有很多话要说："其实一路走来有好多好多的事情，能坚持到现在我真的觉得离不开家人的支持，我也不太想说自己创业有多成功。每个人生活都会有难处，我就是觉得我想把店做好。这碗牛肉汤面做了十二年了，现在说实话不是那么想挣多少钱，反而更在意风味与特色所体现出的品质。顾客要是夸我说我们家牛肉很好吃，面条很好，就是别人对我们的肯定。我们不能说大话，但我想把店做成百年老店，虽然时间还很长，但长路上求索更有价值——就像一碗汤要熬到一定的功夫，才历久而弥香。"

同龄人的面条观

在新河东段有一家叫作"日日红面庄"的面店,在水榭华庭小区的东北门边,有些不起眼。但这个店的名字叫作"庄",好像远近面店没有这么叫的。我在这家吃过好些次,起先是等人或者路过,发现青菜面还是不错的,所以日后就常来。日日红的名字倒也是非常朴素的,日子一日比一日红火,这是每个人朴素的愿望。后来认识了老板,问这个名字是谁起的。他说是他妻子起的,意思也就是字面上的,并无深奥。面店是解决温饱的地方,也不必有那么多的深刻和隆重,可能大多数的食客都在乎味道,哪里会因为店的名字或者店里的陈设而选择一家面店呢?我们想那些多余的,完全是读书人的无聊闲意,也可以说是吃饱了撑的。

店主人叫高子华,今年四十一岁,家住北开发区花王村。提到他的年龄我就和他攀谈,因为他与我是同龄人。当然是因为工作不同,我想不到他的面容竟然是这个年龄。并不是他有什么苍老之态,但因为辛勤所致的一种沉稳和忍耐的面色,让他比我要平静一些。下面是个苦差事,并不是我们想象的"鼓风机一响,就黄金万两",一爿店从清晨到夜晚每个时间段都有相应的工作,一年三百六十五日除了过年几天清闲,一般是一天也关不得的。一个客人一早兴匆匆来吃面,店家搞个"铁将军把门",下次人家也许就不来了。没有一碗面真正能永远锁住客人的心。人们吃的是习惯、方便和自在，要是三天打鱼两天晒网必然是会被厌弃的。这就是面馆人的辛苦，他们几乎整天要围着面锅转，不下面的时候也有各种准备——咸菜、辣椒酱、店里的一应用品和物料，哪怕是一包面纸都是不可或缺的。我们吃面的人说得轻省，没有哪家面店是轻松的。

对于下面条，自学成才的高子华有一种自信，这体现出他对自己面条的一种观念。做事有一种明确的观念，万事就有了方向和坚守，有特别的坚守才会有特别的色彩。他家店今年第六个年头了，原本开店的时候也就抱着试试的态度，因为面店成本小、投资少，所以就选择了这行。这一点他倒也非常的朴实，没有讲什么大道理。他原来是一名电工，跟着别人做事情，现在开店是自己给自己打工，虽然辛苦而不自由，但至少有一种自己做主的感觉。言谈中，高子华确实透露出一种很自我的意识——比如说学下面。他说自己原来也是在其他店学过的，但是最终觉得是走过场，一切还是要靠自己琢磨。千人一面的面，当然是需要各人的悟性的。一开始有各种困难，慢慢地坚持下来各种问题解决了，顾客也在时光中慢慢地适应了。

高子华对面条的观念，最重要的是真材实料。用他的话说："我只能说，我家用的食材都是硬货，让人吃得放心。比如，猪油全是自己买的新鲜猪板油熬制的，酱油里没任何添加剂，胡椒都是自己买的胡椒粒让人加工的，鱼汤面的鱼汤每天都是用新鲜的野生杂鱼洗净熬制的。"其实，一碗面条里无非也就是油、酱油、胡椒、虾籽、汤、盐、味精、葱蒜以及面条这些东西，常见的浇头无非是青椒或者雪菜肉丝，这些林林总总的细节中，最重要的是"货要硬"。说到这点的时候，高子华有些不容置疑的意思，他说："我师傅也没有教过我什么，只是简单说说酱油怎么熬制，只要用料正宗，熬制出来想不好吃也难。"

作为同龄人，我认可他的这种正派观念。做饭和做人一样，也是要一种正气的，面馆等于是一个城市的小厨房，哪里能有丝毫的弄虚作假。目前，他的店里雇了一个员工阿姨，还有一个岁数大点的是他的父亲，帮着收收碗。这位老人好像不怎么说话，总是默默地揭走碗筷。我有时候会看看他，想起自己在乡下见过的那些老人。他当然也想着自己儿子的生意能够日日红。高子华的面馆每天上午下五十斤面左右，下完就打烊休息。细细算来，这笔生意的收入还是可喜的。加上一些老顾客每天光临，慢慢的，主客之间就像是一家人般亲切，一句话、一声招呼让在城里本来忙碌和辛勤的日子红火而又有盼头。

我来他家就为吃青菜面。高子华家的阳春面和鱼汤雪菜肉丝面也是不错的。但他家的麻辣青菜面，味道更加明确而地道。麻自然是胡椒，辣是常见的水辣椒，这在其他的店里也不少见。青菜面一般都用粗面，但下得不糯烂口感就不好。所以选细面倒是不错的选择。好些人来吃面还喜欢有这样的交代："多放些青菜，少放些面！"青菜卧在面上，麻辣的滋味藏在面汤里，有些清冷的早晨几口下肚，身体立刻就热辣起来。加上几根榨菜佐味，一碗吃完通体舒泰——才五块钱就把这早晨打理得服服帖帖、顺顺当当，日子怎能不像那红彤彤的太阳一样的水辣椒般红红火火呢？

高子华说："有人说我家的辣椒酱好吃，这个是经过一年时间太阳晒，然后发酵而成的。"他说得简短而又自信，就像他的面店迎接着的阳光般明媚，是我们"80后"这代人独有的自我气质。

打烧饼的张轩人

在明星浴室喝茶听人谈闲，能得到很多有趣的信息。这里的人很有老城的腔调。他们一辈子就在一个地方生活，一个地方工作，对自己的经历和认识有一种谜之自信。不过，有些东西如美食就是文化自信，大多数时候主要是自己觉得好。那天老居说到一家烧饼——老居为人谦和，做事板正，颇为人们信任。一辈子在浴室工作，听人说是小城沐浴业第二代传承人中的老人了——他这样说一家店里的烧饼："黑水（他居然知道我的网名），我跟你讲，你要是坐在桌边吃，桌上能掉满了芝麻！"这是极言一种烧饼的酥脆。这家店有些印象，去年一个朋友打算带我去吃烧饼，但那天下午却未开门。我印象中朋友和我说这是一家张轩人开的店时，心里顿时有种莫名的温暖和骄傲。张轩是我的老家，过去一直叫马奔庄，后来因为烈士张轩改名。老一辈的人，如我的母亲都是叫马奔庄的。

听这一说之后便早上去寻面。人们又提醒我这家店的生意很忙，老板娘性子还急，会批评人。不过一个普通顾客去，也不至于受到这种待遇。八点不到的时候，我站在人群边，听话音再有几锅都轮不到。但大家都耐心地排队等着，还有人几乎是用哀求的语气问能不能带一个。可惜有人要买一二十个也在等，实在匀不起来。男主人头顶上带着矿灯式样的探照灯，这大概是做烧饼时观察炉子情况的。旁边一位老奶奶忙着炸油条。女主人在忙着做饼的同时，还要兼顾着下面。我识趣地点了一碗面条，这样来得快一点。过去在马奔庄的早饭店，都是这些内容：不带浇头的面条、烧饼和油条。我以前在三姑妈家住过一段时间，就是如出一辙的场景。面条上来，又取些咸菜，看看墙上写着还有其他样式，如鱼汤面，但恐怕大家为烧饼而来的多。

她家的面条下得是很不错的，尤其是脂油的味道很香，我以为这是高邮面条的一种灵魂性的味道，换其他任何油都是不成立的。吃完我拍了一些照片和视频，主人根本没有时间来理会我的存在。后来根据号码加了微信，给了采访提纲，并且特意说出了同是张轩人的套近乎的话，但没有采访到太多的内容，就一小段话："老板郭恒良五十二岁，张轩郭庄五组人；老板娘黄华英，江西赣州人。炸油条的奶奶叫秦兰英，郭师傅打烧饼的手艺是跟周巷师傅学的，现在都记不得名字了。"我十分明白，他们的生活确实是很辛苦的，一天忙到结束根本就不再愿意多说什么，无论你有什么重要的采访。但我仍然有些不甘心——就上网去搜索，竟然搜索到报社的杨晓莉记者采访的内容，上半年的采访还是很新鲜的，文章还登上过"学习强国"，征得她的同意将内容附录于下：

"三百六十行，行行都辛苦。"郭恒良告诉记者，做烧饼更是如此，他们夫妻俩每天凌晨3点多钟就要起床，开启一天的忙碌。早晨5点多钟，第一炉烧饼做出来，一直忙到中午时分，休息一会后，下午1点多钟继续做，直到晚上8点多钟，还要把第二天要做的面和好。虽然累但也很踏实，一天到晚钱就收回来了，比在外打工强多了。

从2008年开始，直到2018年，郭恒良、黄华英夫妻俩一直在路边设摊做烧饼生意，10年间，无论三伏酷暑还是数九严寒，夫妻二人每天用三轮车拖着烧饼炉子，在街边摆摊，起早贪黑地忙碌着。付出终有回报，经过10年的努力，生意越来越红火，每次出摊，都有很多回头客，常常是供不应求。2018年，积攒了一定积蓄后，夫妻二人便在巷口租了间门面。自从有了固定的经营场所，烧饼店的生意更是红火得不得了。为了能吃上他家的烧饼，不少顾客都习惯了提前预订。

发酵面、裹油酥、火炉烤，最简单的工艺做出来的烧饼为什么能让食客念念不忘？郭恒良说，烧饼要好吃，从发酵到烤制，都得用心，每一个环节都不能大意，这些都是日积月累的经验。"做烧饼看似简单，但制作流程也有10多个步骤。"郭恒良介绍道，好吃的插酥烧饼外面非常酥脆，里面又非常软和，做烧饼的面必须要头天晚上发酵好，第二天开始做，这样烧饼才会酥软。因此，头天晚上，郭恒良会把和好的面放在巨大的不锈钢盆里面，第二天发酵完之后，他和爱人黄华英就从盆里扯上一把面团，再分成大小一样的剂子，然后来回地揉搓，把面揉得非常光滑，用手按压成饼状，包裹油酥，再擀平包馅。插酥烧饼的馅很简单，主打甜味和咸味两种，咸味烧饼里面放点葱花和盐，擀成长方形，甜味烧饼里面放浅浅的一层糖，擀成椭圆形。"为了迎合大家的口味，这两年，店里也推出了椒盐馅的烧饼，但都是顾客提前预订才会做，正常店里就做甜、咸两种口味的烧饼。"黄华英介绍。

"以前最多一天能做近千个烧饼，现在虽然不愁卖，但每天只定量做五六百个。一方面是随着年龄增长，体力跟不上，另一方面也要保质保量。"郭恒良说，自家烧饼能如此受欢迎，还有个重要原因就是坚持老手艺，现在很多烧饼店使用电烤炉，而自家一直使用炭烤炉子。"用炭火烤出来的烧饼才更有那独特的烟火味。"

在店内斑驳的案板上，郭恒良、黄华英虽然交流不多，但两人配合十分默契，手上的功夫也十分纯熟麻利：揉面、扯坯、擀饼、刷料、撒芝麻各种繁复的工序，一气呵成。随后，郭恒良徒手撑着成形的饼坯，飞快地伸进被炭火烧得火红的炉膛中，把饼坯稳稳地贴在炉壁上，手却丝毫无恙。郭恒良介绍说，每天店里少则要做五六百个烧饼，贴一个烧饼就要伸出一次手，炉子里非常烫手，刚学的人稍不注意就能把手烫烂了。自己长年累月做下来，已经习惯了，也不觉得烫手。冬天天冷，能连续贴四五个烧饼，夏天温度高，一次只能贴一个。

手擀面的豪气

金桥路上有一家手擀面，叫作"蛮洋荡"，单看名字就很豪气。我们这里的人——也许外地人也这样，总是觉得自己的脚下就是地球的中心，并且有一种奇妙的分别人的理论——南蛮北侉。这里的南北大概并不是真正的现实地理上的意义，譬如只要是南角墩之外的人，就觉得不是蛮子就是侉子。当然我到徐州也会被叫作南蛮子，其实我的村庄是实打实的苏北地界，南北只是位置和认识上的差别。

荡是我们水乡的一种地形，实际上有点湿地的意思。水陆兼得的地形长满芦苇野草的地方就是荡滩。南角墩就有过黄雀荡，往北有北马荡，大多被开发了。北乡临泽仍有荡区，好多也被用来种植或养殖了。蛮洋荡就是北乡的荡，大概这里的人有过什么蛮横的壮举。我们的俚语里有一个词叫作"蛮洋六大调"，是说这个人蛮横还带点不土不洋的气息，是一种不按套路出牌的谬种。这种人在过去困难的时候是常见的，这是一种现实的无奈，也是一种生活的策略。

蛮洋荡的手擀面，我吃了多次，总结出"三蛮横"。

一是面条的分量蛮横。平素的高邮面馆，都是用三红碗或者一种瓷钵子，体量都不算大。吃面大多也就是"一叉子"面，那种大碗都多是汤水浇头多的。蛮洋荡用的大碗比平素见的青花大碗还要大，面的分量很足。手擀面加青菜，分量蛮横到令人畏惧。所以站在锅前，常听人尤其是女士说一句：多点青菜少一点面。但即使少一点，也是十分可观的。况且手擀面粗笨筋道，所有就显示出一种豪气。

二是榨菜的分量蛮横。一般的面店都用袋装的榨菜，一袋子撕开匀两三碗用。现在大家对榨菜也有畏惧之心。不过青菜面就榨菜是平常也是经典的吃法，爽脆可口又下饭。蛮洋荡面馆的榨菜是用一种大盆装着的，挑榨菜的勺子也很大，好像并不吝啬人们多取。也是因为形势所感染，一般人也会挑得很多，吃起来脆爽辛辣，很是快活。一碗面吃到一半，再挑一些辣椒油进去——他家不用水辣椒，而是用像陕西凉皮用的香辣酱，又是一种风味——吃完了浑身汗水，冷的时候觉得暖和，热的时候觉得爽快，也是一种豪气的吃法。这在一般面店也是少有的感受。

三是浇头的形式蛮横。现炒的浇头不谈，主要是卤制的一些"面条伴侣"，如兰花干、大排、牛肉、肉圆、五花肉，都显得无比的豪情。莫要说吃下去，就是看了也有望而生畏的感觉。那种被浆汁卤过色泽暗红的大肉，看上去就有乡土的豪迈气质，大快朵颐的时候酣畅淋漓。这种吃法坐办公室的白领大多畏惧，那种膀子上全是力气的会最爱。但也会见到柔弱的女子风卷残云的气势，情景十分的动人可喜。

蛮洋荡面店是老板娘站锅下面，老板忙着打理店里的其他事务。店面最近装修过，环境变得宽松新气一点，但那种豪情仍然不改。老板喜欢与人拉家常，为一个葱花蛋也会和顾客说出一堆话来。有时候他站到门口去说话，店里面忙起来老板娘就埋怨，这种场景让人觉得生机勃勃。吃了多次面便想写几句，奈何老板娘并不愿意。老板平素虽然健谈，但是真正认真交代起来似乎又变得讷言。我们农村人就是这样的，平素有些自说自话的快活，认真起来却觉得无话可说，是所谓"锅门口一张嘴"。我自己其实也不好意思多去追问，觉得非常羞赧。张君是个热心人，平素喜欢了解街头巷尾的一些掌故，我就微信拜托他去采访一些情况。向晚老板娘忙得不愿意说话，但是张君热心真诚，她就打电话叫来丈夫，把店面的情况做了一些诚恳的交代——说实话，要是一个店的老板太过精明与乐于表达，那反而让人觉得不踏实——本分大多时候更能感动人心。

老板叫周宏军，四十六岁，周山联合村人，原先在江阴打工，从事过较多工作，主要以工地工作为主，比如倒立模、小工、分装等；老板娘龙素英，四十三岁，也是周山联合村人。这爿店开了十四年，当年是9月1日开业的，一直在这里开。说起店名，老板讲蛮洋荡是个地名，据说北乡周巷很早的时候叫"南洋荡"，后来南洋荡的人与其他地方的人发生争执，打官司打赢了，却被输了官司的人叫"蛮洋荡"。这种谐音而致的传说，倒也是很有乡土特质。

手擀面当然不是传统意义的高邮面条，但是我们今天讲高邮面条，也要关注"在高邮的面条"。因为这些面馆已然在高邮落地生根，而外来的风味也会有因本地人的喜好而出现本土化的进程——即便是高邮面条，随着时间的推移和人们认识的变化，也有不断新变的过程。周宏军讲他家的面是江阴口味，现在也是大众化的口味，也就是他从江阴习得而带回高邮的味道吧。他家面的浇头都是现烧的，一般有四至五种口味，咸鲜中偏甜，其中肉圆最受欢迎。

每家面店都是苦交易，辛勤是最基本的状态。每天凌晨四点钟起来，要擀面、切小料如葱段等。现在店里每天下三十斤面左右，生意比以前清淡。过去用煤炉更辛苦，改电之后要相对轻松一点。他家的店算不得有大名气，都是靠着老顾客口碑相传。老板说了一句朴素的话："不靠虚的，像鸽子惹鸽子（俚语，跟风、招引的意思）。"他又自述自家面店非常注重三种样：面料、荤油、汤水。面条是自己手擀的，荤油是自家熬的，保证品质，一直用一种牌子的鸡精——对于调味他也最为实诚。其实每家面店都是离不开味精调料的，这是公开的手法，有些店家秘而不宣而已。

陈小五的面条

我在做高邮面事系列文章之初,就当然地想到陈小五的面店。这是高邮面条的某种意义上的一块招牌。老人武部的面条和馄饨,很多外地人都轻车熟路。我其实对这里真是太熟悉了——才进城的时候,单位就在面店北区不远路对面,现在的州署旧址里。那时候每天早上来吃面,下午也常常来吃馄饨。似乎陈小五家上午的面条和下午的馄饨已经是约定俗成了。你若偏偏要颠倒着来,好像就有点格格不入的意思。客人的意见在这里并不十分重要,因为这是一个需要排队拿号才能吃到面条、馄饨的店。但下面的师傅其实十分客气,见了熟人不停地打招呼。他们记忆力好,好些人什么名字、什么身份以及什么爱好都是不需要提醒的。比如我在这吃面有十多年,称谓就有几个变化——大小伙——帅哥——周作家,最后这个称谓是陈小五的妹妹下面的时候叫的,她不知道从哪里得知我写过几篇文章。此前陈小五下面,叫我大小伙比较多。我过去是写过关于这家面条的文章的,如在《扬子晚报》副刊发过的《面条最好》。

那时候报纸的副刊影响力大,好多人都看。文章发表的第二天早上,我去街上一家面店吃面,对下面的师傅提了个要求,这是我的习惯——面养一下,拖点汤。师傅似乎有点不耐烦,随口就说:"你懂什么面条,你看过《扬子晚报》写的高邮面条吗?"我和这位师傅互不相识，但我对他冒失的批评还是暗自得意的。后来，一个高中的学长在南京看到这篇文章，据说把"豆腐块"剪下来压在餐桌的玻璃台板下。也是因为这篇文章他后来托人找到我，以后成为多年的好朋友。我们每每吃饭都会提起这件旧事。

这篇文章现在看来，还有可喜之处，兹援引一段：

  高邮城里吃面条的场景真可谓壮观，早上上班前的时间，面店前基本都是爆满的食客，大家每个人拿着一双筷子在那滚烫的水里烫一下，站在锅前等着面条出锅。大家很自觉地把硬币丢在钱盒子里，还有些常客自己动手找零。一个小小的店门口站满了食客，大家端着碗在路边"风卷残云"，不再顾什么吃相。这其中可能有"冒号"、大款、工人、农民，大家一张嘴都是平等的，场面很是和谐。

  傍晚的时候面店也很忙，很多人出去应酬之前要吃口面"垫"一下。南门有家饺面店傍晚的时候火爆到要领号码排队吃面。下面的老奶奶记忆力很好，一次下十几碗也能记得很多不同的要求。她下面特殊的地方是，放好作料的碗要全部漂在面汤锅上热一下，这样香味更浓。很多人吃完了还意犹未尽地说"真不丑"，真是应了作家先生的那句话：面条最好。

这里所说的南门的饺面馆，就是陈小五家的面条。我想不用多说，对其评价也有见仁见智的。但我觉得有几点可讲之处：一是作料的味道，咸得很明确，很多面汤的味道甜腻模糊，不可取；二是水上漂的做法很有些道理，作料碗漂在热水上让作料充分融合，我听一位老师傅说，他在家下面也是要炖一下汤料的；三是小馄饨的馅心口感层次很丰富，我曾见一位新华社的女记者连吃了三碗。

当然，非要吹毛求疵，那很多事情就难办了。我觉得陈小五的面最值得说的，就是让面成为面本身。虽然也有鸡蛋、茶干或者其他相佐，但并不是汤汁或者浇头取胜。

因为店里忙碌，熟人又多，也就没有去采访，只在微信里了解了一些情况。关于陈小五，我想大家可能知道得更多。其实包括对其他面店的采访，我们都是不见面的。因为忙的时候，人家根本没有时间回答你古怪的问题。同时，吃面在高邮属于刚需，只要味道好并不要什么广告，所以传言我写了面事，吃面不要钱那是笑话。大多数面店是不认识我的，再说如果是熟人就不给钱，那这满街熟人的生意就不要做了。

我之前还央姚维儒先生去帮我了解了一些情况，他是老街上的热心人，我想他得来的信息是可以信任的。

陈小五饺面店店主陈春玲，许多人不知道她的大名，她原先在饮服公司下属中市口饮食店上班，先打杂后下面，单位改制后到红灯笼（本地一家知名早点）打工。后来直接开单开炉灶自己干了，由于地理位置好、肯吃苦、会经营，将自己的品牌逐渐做出来了。她父亲也从事饮食服务行业，也掌勺下过面，家庭传承还是有的。她姊妹弟兄八个，姊妹们的帮衬也成就了这个店。后来小六子陈春兰到蝶园路上开了分店，前几年陈小五感觉年岁大了，就将店面交给小七子、小八子经营。

不知道什么时候，高邮名吃陈小五面馆的商标"陈小五"被一名自然人注册，陈小五面馆的蝶园路分店（陈小六）启用"陈永春"营业执照。高邮面之所以好吃，主要与碱性面条及作料有关，陈小五家的饺面舍得放黑胡椒、荤油和虾籽，饺子皮薄馅多，掺有笋丁。熬制过的熟酱油也是关键，为了激发出调味料的香味和让荤油更好地融化，把调料放在搪瓷盆漂在面汤锅里，等面或馄饨下好，再装进搪瓷盆上桌，形成一套独具特色的烹制方法，为广大食客津津乐道。

我觉得高邮面条的名气，与大家对这家面馆的看法是有很大关系的。

黑桃面馆

一年前的 10 月 22 日，被林君掳去开发区吃了一碗肉丝面。这家面店的名字很奇怪：黑桃面馆。开发区这个地方，大多数地身原来属于东墩乡。这个乡我当然很熟悉，母亲的娘家在这里，我童年也常在这里混迹。但那时候只在阮湾村的大河边游走，最远也就是去杨桥买化肥，那个地方有供销社。表哥拖着板车带我去，买阿里山瓜子给我当奖励。阮湾村那一条大河从城里来往西北去，后来我才知道这条河叫作北关河，下游与三荡口连接到三荡河边就是南角墩了。所以我对这个地方是很亲切的，尽管如今成了社区。

面是这样吃的：每人一碗干拌，青椒肉丝浇头，两个溏心蛋，一碗豆浆。据说这样的组合是林君的发明，后面也成了他们所说的标配。这着实是一种很满足的吃法。某种程度上我们开始畏惧吃饭，甚至是早饭。我们因为吃得太多而不再敢多吃。缺少饥饿感，是一件充满着险情的事情。这并不是矫情，而是现实中真实的障碍。没有饥饿感，可能寓意着吃食将没有满足感和幸福感，甚至是更可怕的事情。我们对食物充满疑窦甚至心事重重，比如豆浆里的嘌呤、肉丝里的脂肪、面汤里的味精、面条里的添加剂等等。林君是食品安全服务方面的国内大咖，他倒是不怕，并且也让我们照吃，这些担心倒也未必是事实，但我们因为刚富裕起来的时候吃得太潦草，最终将吃饱喝足变为一件如临大敌的事。

溏心蛋雪嫩中带着清甜。一般的面馆觉得现打溏心蛋很费事，大多数不太愿意弄。林君说同行的有个是面馆的股东，竟也吃到了，现炒的肉丝有浓郁的肉香，青椒丝的清脆爽口，干拌的面汤味道深刻而又清晰。一大碗下去——用方言说得形象一点，是"堆尖了"一碗吃下去，摸摸肚子全是满足的意思。过去穷困的时候，饥饿常常让我魂不守舍，哪里还在乎什么营养或卫生，几乎是塞满了肚皮就心满意足。林君表示跟我有同感，想起上学的时候，要最后一堂课的老师不拖堂，并以短跑的速度才能吃到食堂烧的、老师们吃不完的肉。我觉得这种幸福其实很难得。正有些像我们生活里面临的各种欲望，因为缺少而形成的满足，有时候很简单，但也快活得令人感到深刻与难忘。

老板娘结账的时候算错了账，据说这也是常有的事，大家就笑话她——她喉咙大，每次算账大家都能听到，比如面三块五一碗，她说四碗一共十五，再加青椒肉丝又是一笔糊涂账，说起话来也是我们农村人的爽直。难得她做的一手吃物也是清清爽爽的，让人吃得舒舒服服、怡然自得。吃过之后林君说你写的高邮面条系列不能没有开发区的面馆代表，我也以为是，后来联系老板采访，居然被老板娘婉拒了，许是她怕我偷师学艺。一年后经过兴业路又去吃了一碗面，拍了一段视频——她还是疑虑我究竟在干什么。后来央当地的朋友顾先生，安排同事张星宇去采访，才了解到这家黑桃面馆的一些情况，终算是圆满了一年前的这趟行程，也不至于让林君觉得我吃了他请的白老大。

店家老板叫朱店桃，今年五十八岁，他在店里忙着做作料和炒肉丝浇头。老板娘站锅下面，她叫吴桂兰，今年五十三岁。他们的老家以前是东墩杨桥村五组，现变区划调整后更至十一组。一次次村庄的合并和搬迁，好多屋舍和位置已然变得陌生，但有些名字就像是密码，仍然能存在于已成为社区的新型巨大的村中。夫妻俩原来从事装潢工作，九年前开始做面店生意，店面的位置一直没有变化过。

为什么叫黑桃面馆？这个名字来源于老板小时候长得黑，甚至比我的肤色还黑，名字里带个桃字，被取外号"黑桃"，于是面店的名字也依了老板的绰号。他们开面馆也是白手起家，据说是之前老板娘闲来喜欢打麻将，后来觉得日子过得太过平白，就做起生意来。

开面店是手艺活，先要去学手艺——老板曾去金辉面馆以及其他面馆求学，被要求免费当两个月小工，但是并没有学到什么真正的手艺。后来他想到了一个办法，去街上的面店里吃面。事实上这是一个很好的办法，许多会做菜的人都有两个特点：善于观察和模仿。多去尝试琢磨食物里的色香味然后付诸实施，这当然能更加直接地出效果——老板于是去高邮吃面，走遍各个好吃的面馆，第一天吃六家，第二天吃五家，连续吃了十天。回来对比研究，慢慢地就有了自己的手艺。说起他家的特色有两个：肉丝面和酸辣粉。肉丝面好吃在于肉丝，面在浇头的掩盖之下反而成了配角。说到肉丝好吃的秘诀，老板只说食材新鲜这一条，其他就不愿意多说，我问了林君，他说肉多胡椒多且多汁。

也不是他怕暴露了什么商业秘诀，怎么做得好吃的经验只在他的心里和手上，其实是很难量化的。他当初去学艺也不是师傅完全不教他，而是有些经验是一种体验，说不出具体的要求和定数。比如菜谱里常有这样的表述：盐少许。少许是多少？这是一种模糊而又精确的表达，模糊在于没有定量，精确又恰恰是因为变化的情况定量则不准确。我们对于食物的态度，有些近乎于文学的观念。同样是读者面对书籍的看法，人们对于食物的看法也是不尽相同的，这里面受众自己的认识和口味是重要的因素。所以经常有人问我到底哪一家面好吃，我只能说："你觉得好吃的，就是世界上最好吃的。"

林君带我去吃的时候，告诉我从他家的面条浇头中能吃出小时候那种肉香味，这是他自己的看法。而我觉得这碗面吃得和他一样很满足，那就是我们对于食物的认识有一些共同的味觉认知和经历，从而形成了一种公约数。被人们交口称赞的著名面店，大多数是找到了这个公约数，但究竟是什么无法具体表达。黑桃面馆中午时候就开始做快餐，所做的客饭成为一绝，主打一个经济实惠、分量足。他家的猪油都是新鲜制作，来往的客人都说好吃。其中，狮子头更是受到广大顾客的喜爱，是点餐必不可少的品类。中午大部分是农民工来吃——这说明黑桃先生的客饭，也找到了农民工对饭食要求的美学公约数。另外，他家店里有老板在天安门拍的照片，挺好看的。

面条的气象

　　几次到城东去寻面,有几家连锁的面馆,都还是不错的。但可惜的是,这种面条虽然也因师傅的手艺和理解不同而不至于千人一面,但到底有些标准化甚至工业化的意思。我们想吃的面是那种迥然不同的风味,不仅是为了温饱的勉强应付。在高邮,或者说在很多地方,一口吃食成为一种乐趣甚至某种意境,这与昂贵或者深刻没有关系,但往往是与光阴有关系的——但凡被时间证明了的事情,一般都顽固得有点可喜。这也不难理解:如果一碗面一点可取之处没有,那就没有存在几十年甚至上百年的理由。

　　因此,高邮面馆里叫得上名号的,大多是在老城区里。高邮的老城大致分三个区域,即所谓的城北、城中和城南,实际上都是现在城市的边缘部分。后来的南海、北海——这些地名也是很古老的,那些当年建得神气的商品房现在也苍老了,慢慢地往黑白灰的色调逼近,都成为老城了。大多数知名的面店是在这个区域的,至少说这里的面店水平稳定些。过了文游路,特别是过了盐河,就是城市的东区,也是新区,房舍和道路都是崭新阔绰的,但是商业并不十分繁华,吃食也是有的,但总是让人觉得不十分地道——很奇怪的是,即便是老城的店来此开了分号,似乎气氛和味道总是不对。比如陈小五的店也是在世贸综合体里开过分店的,但最终效果并不理想,说得神奇一点,就是吃不出老店的味道。所以，有一段时间我游荡在东区觅食，但慢慢形成了一种顽固的认识——东区没有什么像样的面店。

可是东区是新区，也是在生长和成熟的呀！一个地方就像是一个家庭慢慢组成与扩大一样，总是在不断地变迁与成熟。后来我渐渐地发现了几家不错的面店，体会到这片新城在慢慢地变得老成和沉着。有几家饭店像模像样，有几家面馆令人神往，这个地方就算是越来越贴心了。后来高铁来了，经常要从东区出发，很多事情对东区就更依赖——悠面馆就是这样被发现的。一听这名字就新气甚至有些时尚，像是新区的店面。它的位置光说门牌号不大有概念，新区的那些路真正还只是陌生的代号，只好说第二中学东北门向北近四岔路口处面东便是。一开始带我们来这里吃肉丝面的，便是二中的大树老师。他是个画家，也会做饭，对吃东西有些讲究，所以推荐的饭店、面馆还算靠谱。为什么很多艺术家都对美食有些热爱和特别的理解呢？

悠面馆的老板姜倩今年四十岁，老家是安徽的。女老板自己站锅下面，做事雷厉风行，为人非常爽直——也是非常奇怪，我总认为安徽人比本地人爽快，不知道是什么道理。她面店的特色就是各样的现炒浇头面。店里聘请了一个长期工阿姨、两个小时工，可见生意是不错的。有时候早上九点多去，店里还满是顾客。面店里有种奇怪的现象，越是忙得焦头烂额，越是能调动食客的情绪。附近也是有其他面店的，但是相比之下他们的生意要清淡得多。越是这样，人们却越愿意在繁忙的店前慢慢等。这其中也是有从众心理因素的吧。

姜倩原来是个体户，十年前开始学下面，师傅是老郑面馆（这家面店在金桥路，好吃面馆西对面的巷子里，也是城里一家不错的店）的老板娘。姜倩原来经常去光顾她家小店，特别喜欢吃她家干拌面，一来二去就熟悉起来，索性虚心求教，学了这门手艺。姜倩说："本店最有特色的现炒肉丝、腰花，无论多忙都必须来一份。食材新鲜让顾客看得到。馄饨馅是纯肉，不添加任何配菜，考虑到小孩和老人吃得比较多，竹笋之类都不放。咸菜、毛豆米也是原生态的，选用高邮本地野麻菜，自己腌制备用，毛豆米都现买现用！"

她说高邮就像是说自己的老家，那种熟悉和自信说明她已经完全落地生根了。她每天凌晨三点半左右开始忙碌。开面店最苦的地方就是早起。现在店里每天要下七十到八十斤面。说起在这里开店的缘由，她讲是几年前跟闺蜜偶尔聊天，说起到东区"发展"一下，选来选去还是干老本行比较踏实。开业到现在生意一直都很稳定，每天跟来自不同地方的顾客打交道，也是一种幸福。悠面馆现在也是"网红"面店，几年下来积累了一批"真爱粉"。姜倩说："承蒙老顾客的照顾，还有很多新顾客加入，尤其是最可爱的'蓝朋友'——帅气的消防员，每天只要出警他们都会来打卡。因为知道他们职业的特殊性，每次都给足分量，保证他们每一个人都能吃饱吃好！还有很多在外打拼的高邮人，每次逢年过节的时候回来，都必须来叉一碗面才满足！临行前还会打包几十份调料配备好的生面条带到外地去。"

姜倩嫁来高邮二十年，做的东西比较多——零食店、鸭血粉丝汤等等。她钟情自己师傅那边的干拌面，味道越拌越香。她觉得高邮阳春面下得好，面条功不可没，其他地方的面条下出来没有这个嚼劲。她也收了徒弟，徒弟在江都利民桥那边开了祥和面馆。每次走进悠面馆，看着水汽蒸腾之中人头攒动，食客脸上总有着的期待与满意，主人忙碌间一身的朝气，我想这就是一碗面也是一个地方的新气象。

百年老店的味水

一碗干拌带碗豆浆。干拌的面要下得火候恰到好处，早了面不能断生，迟了面就糊汤。这一点在于师傅的经验和手法，要明确知道准确时刻并结合食客不同要求。也有人如我喜欢吃烂面，但到面身透亮即可，不能烂得瘫下来。这样的面不生硬也不粘牙，无比的爽滑。师傅的手法在筷子头上，如何把面在水里的竹制漏勺（这个工具的表达不准确，但方言的字无以表达）中捋顺了，真是一种技术——这个下文的引文中还会讲到。这也是最近很多视频盯着面锅展示的原因。师傅们的手上可不是胡乱地用力。

干拌也是要严格注重时间的——只能人等面，不能面等人。快速而均匀的搅拌非常重要，让作料迅速地附着在面条之上。焦家巷的面起锅干拌之后，在面身上能颗粒分明地见到胡椒和虾籽，这些都是不溶于汤水的，于是能吃出带有颗粒感的味道。胡椒的热辣，虾籽的奇鲜，盐头的明确，酱油的醇厚，猪油的脂香，加上蒜泥或者葱花的辅佐——当然也有味精的介入，神奇的是每一种味道都是明确而清晰可感的。这就是一碗被称为光面的高邮面条的神奇。我们讲的高邮面条，就是没有其他繁复形式的光面。这是一种传统的滋味，就像阳光一样纯粹——过多的浇头事实上会掩盖面本身。在南门的老街上，黑白灰的视线里你会倾心于一种简单。越是简单的面可能越接近古代，也就是我们迷恋的传统做法。这是我们今天对焦家巷这样的老面店津津乐道的原因。

我原来是来过焦家巷的,那时候店面还没有出新。如今的焦家巷非常的宽绰,大概有三间门面的开阔。远远地就能够见到飘扬着的幌子,就像它的名气一样有些招摇。进门前就见到几块文保单位以及美食荣誉之类的牌子,讲述着这爿店的历史和荣誉。我原先对这家店有一次不安的记忆。那次也是慕名而来,坐在古旧的店堂里等待干拌加腰花汤。那时候店里烧的还是土灶。等待的时候竟然见一只老鼠招摇地走过,顿时心里有些不快。又见主人从冰箱里拿出冷冻的腰子,心里顿时就有些反感。虽然有黑胡椒和葱花的味道在汤水中周旋,但那股异味让我很久不能原谅这次遭遇。也许是我吹毛求疵,很多苍蝇馆子里就是藏着很多好味道。

后来店家易主了,生意也越发地红火起来。一家据说是百年老店的门面,成了南门的"网红"店。我以为这和店主人是有很大关系的。经营吃食的人,脸上的情绪、手上的功夫以及身上的清爽劲头,其实是一碗吃食的背书。买豆腐的人当然会因为豆腐西施的美丽而心生喜悦——我注意观察过,很多卖豆腐的女人都比较白净,这是件很奇怪的事情。焦家巷现在的经营者,一众人都清清爽爽且精气神十足——高邮人说这种人叫作"刷刮"。干练而清爽的人做出来的吃食当然让人舒心。就连柜台上忙着收款和安排面条品类的女士面容也十分娴静。这样生意做起来就让人觉得舒心了——笑脸大概是最好的招牌吧。

这天早上点了干拌和豆浆。一般的还会吃一个鸡蛋,油炸、葱花或者水卧,还有茶鸡蛋。复杂的就有现炒的浇头或者汆汤的腰花汤。下面、炸蛋、做汤、收钱以及打杂洗碗都各有分工。切葱的是位头发雪白的老人,她一点不比年轻人缓慢,面容中倒是多有一种慈和与冷静。她左右着的味道神色就和见过无数世事一样,脸上的皱纹与白发已然抹平所有的慌张或者疲惫。我没有打扰他们流水般的流程,柜台上的女主见我拍照似也意外、似也因为常见而平和。她大概见我张望了一下桌面，就立刻送来桌上没有的面纸——这就是所谓眼力劲儿。但也没有多言便转身又坐到柜台后面去，那神情气质真像是做着古人的生意。

来焦家巷面馆之前，我和很多人打听过。一百多年的生意，想理清楚了实在也不容易。我这个人脸皮也薄，街上熟悉的老人也少，就背后到处去打听，无意间得到了夏在祥同志采访后写的一篇稿子。他是记者出身，到底认真仔细，征得他的同意引用部分发在《高邮日报》的内容——这样，这家百年老店的来龙去脉就能大概说清楚了。

国营集体经济时，实际名称是"利民饼面店"，但并没有什么人记得这一名字，它现在的全名是"焦家巷面馆"。焦家巷面馆是一家百年老店，始建于1894年。据焦家巷面馆现在的老板刘卫东介绍，解放前焦家巷面馆名叫"王倌子饺面店"，上世纪1958年公私合营后，饺子巷的馄饨很出名，也就是大饺子……

"饺馆代饼面"，过去焦家巷面馆也打烧饼卖油条。

……焦家巷面的作料，都是传统的荤油、虾籽、葱花、酱油、黑胡椒，荤油必须是板油，炸出后带些黄色，虾籽是高邮上好的湖虾籽。做虾籽作料是很讲究的，焦家巷面馆一般秋天即备好几十斤虾籽，虾籽买回来后先要用锅炒，炒时要十分小心，不能炒糊掉，要把炉火封住，只挖一小孔，用小火慢慢烘烤，主要是去掉虾籽的水分。经过烘烤后虾籽红彤彤的，然后用布袋装好，里面还会用布和纸包上石灰吸湿防潮。要用时取一些，再用碾子碾轧粉碎。荤油、虾籽、葱花、酱油、黑胡椒放到碗里，无论多忙师傅都会把碗放入热水锅里炖一下，去掉酱油的生味，现在称为"水上漂"。

焦家巷下面也是一个技术活，锅里的水必须滚开，沸腾翻滚，然后站锅的大师傅，将一把面扔到锅里，用两根长长的筷子牵着面，游走在锅里，像一条面龙在锅里翻转，如十几碗一起下，就会有十几条龙上下翻滚，要求师傅的手法非常熟练，速度非常快，否则就会糊掉。怎么个快法，说一件事可能就超乎我们的想象。

……焦家巷的"大饺子"有名，那么焦家巷的馄饨是什么样子，与现在有区别吗？据了解，老高邮都知道原人民剧场对面的高邮饭店的大饺子比较有名，就是大馄饨，也叫"雀子头"，肉馅多，价钱也高一点，普通的一碗馄饨当时一角二分，16个（有说14个）；而高邮饭店的大馄饨是一角八分，18个。其次是公园饭店的大饺子，也就是大馄饨，同样也是馅多，里面还加入了竹笋，也非常有名。那就是说，比较受欢迎的是馅多的大饺子。但我从一些老同志的采访中了解到，过去的馄饨不是这样，只是用一小刮子刮一点点肉泥，没多少肉馅。肉一般用的是猪的后坐做成肉泥，肉泥需加些盐和水搅拌，盐的分量要适宜，多了会"定汤"，现在也有店家采用前夹肉，认为前夹肉比较嫩，没有其他作料，不用放生姜，到下午包时才会放些小米葱拌一拌。重要的是皮子要薄，并且馄饨的汤一定是荤汤，即骨头汤。

焦家巷面馆把当天买来的猪肉剔下的骨头，放入一汤罐里，大灶的汤罐直径有三四十公分，高度也有几十公分，很大，可装10多瓶开水。究竟是馅多还是馅少？一时众说纷纭，谁也说服不了谁。后来，一次饭局巧遇一红宴老师傅朱桂宏，他对此比较在行。他说，肯定是馅不多，即便过去的高邮饭店和公园饭店的大饺子的馅也只有现在的四分之一，现在的馄饨形很不好看，与面皮不成比例，只有馅适当，面皮与其包起来，才顺滑，好吃，这才是馄饨的灵魂所在。已近花甲之年的原焦家巷面馆大师傅张立，人称"张麻子"，他的儿子张胜明16岁就顶替父亲进入焦家巷面馆，他也说过去没这么多馅，馅多的馄饨就必须在锅里煮长一点时间，馄饨的皮会裂开或者烂掉，不好吃。他还说，现在面的分量也没定数，过去一斤面下5碗，现在一斤面下4碗或4碗半最适宜，不宜多，食多无滋味！

住家店的风味

因要写一部新书,得频繁去小城东南汤庄的吴家牌坊旧地。这个地方过去来得少,却有很深的印象。汤庄这个地方,是原来汤庄、汉留、甸垛、沙堰几个集镇合并而成,治所设在沙堰。为什么会对这个很少去的地方有深刻的印象呢?二十二年前的夏天,我曾在沙堰打过几天工。本家的一位哥哥带着我,随着一条大网去沙堰打工抓虾子。那个地方真是遥远。到了那边就觉得有些莫名的恐惧,心里满是荒凉。我见到女主人就在沟渠里舀水煮饭,那饭有些泛黄。我做活不得力,滥竽充数地在水里拉着网底纲绳。后来主家看出来我是个孩子,也不为难我,单独安排我去摘网上卡着的泥鳅。如果不摘去这些倒霉的家伙,夜间老鼠会咬破网吃泥鳅肉。

我此后一直厌恶泥鳅的味道。那次我在沙堰这个地方蹲了五天,得了一百块钱工钱和五包烟。我还记得大家吃饭时抢着吃肥肉的场景,但是我再也找不到那个地方了。后来只要来到这西南的乡镇,我就会想起那几天的光景,特别是晚上点着蚊香在河边等着睡意来临的场景。菱角窠里有一种清甜的味道。我甚至觉得这个地方像遥远的边陲。

经人介绍我来这个地方寻面,当地的老文化站站长徐朝金推荐了红芹美食的面条。红芹这样的名字在乡下实在太普通了,恐怕每个村庄都要有几个。店面也很普通,是个住家店——穿过店堂便是后面的作场,下面的、熬鱼汤以及炒肉丝的，几个人忙着像是流水线一样。我站着拍照片视频，主家脸上有一种淳朴的惊喜。这一点不像城里的傲慢。我觉得这种惊喜让人很舒畅，很动人。农村就是有这点好的心性。

点了几种吃食，就像来亲戚家做客，恨不得要把好的全上了——肉丝面、小鱼汤、葱花蛋、鱼汤馄饨。这些我觉得在乡村算是一顿顶配的早饭了，就是在城里也属于营养过剩的配置了。主人的好意也不推辞，拍了几段视频就回到店堂风卷残云般地"拖"起面来。主家说面是高邮城里带来的面，味道还算平稳，可以吃到酱油里的用心。当然尤其是肉丝的嫩滑和青椒的爽口，这是肉丝面的重要一点——如果肉丝不好不如只吃面。其实面这时候反而成了陪衬。鱼汤非常的醇厚，撒着香菜叶更有异香——不是那种奶白反而让人放心，太过白的汤简直无法让人信任。鱼汤下馄饨，馄饨的味道就更厚实，里外都显得很有奔头。葱花蛋做得很膨胀，堆积着厚厚的诚意。这些也都有城里的模样，说明了主人的用心。如果是在城里这样一家面店应该能得均分，但在遥远的乡镇那就是难能可贵了。做饭的人也应该有这种精气神，不因为地理位置或者生活的环境而有任何的敷衍。

这样的味道流淌于一爿住家店中，真是让人感觉到无比的亲切。我们心里明白，对大多数人来说，乡村可能是更加靠近老家的地方。这里的滋味更加令人信服和安闲。城里的繁华和奢侈也很可贵，但是一碗有家的味道的吃食更接近我们的盼望。甸垛老集镇上的这家面店开了近二十年，坐落在乡镇的南边，叫红芹美食是因为也做些客饭的。店面是店主自家的门面房，其手艺是从祖上传承下来的，店主的爷爷奶奶早在三十几年前就一直在农村的村头做小吃——你看这种来源，就是村里人自己琢磨出来的味道，让我觉得和城里滋味不分伯仲，那就实在难得了。

店里一共有五个人在忙活。店主徐红芹，今年四十五岁；她的妹妹四十三岁；父亲徐庆鹏今年六十八岁；母亲许志英今年六十六岁，以前在上海服装厂食堂干活；姨妈许梅英，以前一直在农村办家宴，是一位资深乡村金牌老厨师。徐庆鹏专门帮忙煎鸡蛋和熬制鱼汤，根据每个客人对鸡蛋的熟度和口味需求，煎制出不同口味的鸡蛋。徐红芹的母亲和妹妹负责每天清晨去菜市场采购最新鲜的食材并切好备用。

店里招牌的肉丝面，浇头很有讲究。师傅说一定要现吃现炒，肉丝需提前用蛋清和其他调料浆制好，保证肉质的鲜嫩香甜爽口。最经典的阳春面所用的酱油也并非普通的酱油，是由十几种调料根据固定的比例放在一起熬制而成的，是祖上秘制的秘方。最受客人喜欢的鱼汤面则要提前预订——野生的鲫鱼和黄鳝骨下入锅中煎至金黄，再加入开水熬制三到四个小时，用纱布沥出鱼刺鱼骨待用，其汤底之鲜，面条之筋道，让来上一碗的客人暖心又暖胃。

馄饨的馅心则是精选上好的猪腿肉，加入生姜、葱、盐打成肉泥，搅拌上劲。在经典的红汤馄饨基础之上，三鲜馄饨的汤底料选上好的紫菜、虾皮、香菜、胡椒、猪油等，其特点是馅大皮薄，口感咸香爽滑，让人百吃不厌。她家的水饺也很有名气，根据不同的时令与季节分为四种：韭菜猪肉、芹菜猪肉、荠菜猪肉、青菜猪肉。

美食店也还做一些家常特色菜，由店主亲自掌勺。杂鱼、红烧老鹅、大煮干丝、爆炒腰花、酸菜鱼等等，没有什么特别的大菜，但就像是家里的餐桌，踏实而暖心——这是可以想象出来的，他们家里人一定也这样去吃。店主人讲："小本经营这么多年，遇到过许多暖心的顾客，他们经常帮助介绍和宣传店里的特色菜品和小吃，万分感谢。最令人感动的是当你忙不过来的时候，顾客还会帮忙收碗、端菜。"

对啊，自己动手，就会有家的味道和自如。

一碗挂面的活色生香

宝祥饭店是一家算是私房菜的菜馆，在南海社区不算难寻，去这家饭店就像是去亲戚家串门。我住在不远处的一栋楼里，去订过一次餐，女主人就记得我是哪一栋的，说起来感觉特别亲切。南海这个地方是老旧小区，当年也是比较早建的商品房，现在有些老态龙钟的安详。这个地方当然没有海，过一条马路还有相对的北海。大概如汪曾祺所说，这海是有些蒙语的基因，或者这里有过什么水塘之类的。看明朝的地方州志，这里叫作南海子田，是在城墙之外的田野。成为今天的模样，时间上也并不漫长。

在这里生活很是安闲，天只要是暗下来，小区就像老人休息了一般，不再有什么热闹的声音，咳嗽一声都能逼出无限的安静。偶有几家棋牌室也会喧哗甚至争吵，时间长了也就习以为常。宝祥饭店是文友领我去的。我们写字的人颇有些自以为是的品位，总是要找些不同寻常的馆子。这些馆子大多是有些味道有些特点，多是环境普通的苍蝇馆子。南海这边还有如满意饭店、森山鸡汤馆或者戴师傅酸菜鱼等，都是那种三两位坐下来，几个菜、半斤小酒就可以下肚的好去处。坦率地讲，这也多少有些我们文人自己的酸劲，硬是要把囊中羞涩或者涩皮说出无限的意境来。当然，关键是有人相信这一点啊，不然文学哪里还有什么市场呢。我们好几位，有我几个不同圈子的朋友，后来都被我领着去吃——我私自戏称这饭店为"宝祥国际",这就是文人如孔乙己般的酸腐,但基本还算是有趣又不至于恼人。

我个人觉得宝祥饭店的菜,是没有那种隆重到惊艳的特色,但似乎每一个菜的味道都是挺站得住脚的。我甚至不用看菜谱都能说出一些他家可圈可点的几种菜:河虾、五香牛肉、盐水鹅、蒲包肉——这是高邮的特色吃食,蒜泥黄瓜——对的,他家的这个菜也普通但绝不敷衍,青蒜干丝、爽口萝卜,这些凉菜都是可圈可点的,好像青蒜干丝在我就是复制不出来那种准确的味道。所谓有些特色的大菜,也其实是高邮宴席上并不罕见的菜砂锅整鸭汤、羊肉明炉、鸡汤、炒长鱼、酸菜鱼、汪豆腐、红烧狮子头、鸭血肥肠、剁椒鱼头,还有牛蝎子锅仔、孜然羊棒骨、酸汤肥牛、元宝虾。说起来好像是相声演员的贯口一样。当然了,好吃与否在于各人的想法,又譬如屋子里稍显热闹而油腻的气息,以及明亮但没有界限可言的灯光,都是需要食客们去理解和体会的——吃这样的特色馆子,你就得有一种化腐朽为神奇的包容。

给我印象最深的是鸡汤。砂锅按兵不动的清冽中,友好的油面暗藏着滚热的温度。鸡肉就像是一个个棱角分明的词语,每一块肉都具有很到位的鲜美。对于我们这些从乡下来的孩子而言,对鸡鸭鹅这些家禽的味道报以赞美还是不容易的,我们是吃过不少鲜活食物的。鸡汤过桥的面,这是我经常的要求——请厨房用清水下了面来,用鸡汤拌了吃是很爽口的。一次鸡汤被喝得精光,老板娘的婆婆就说:我去给诸位下一叉子挂面。我听了有些疑惑,老板娘则说:老人家下的面,许多老板来都说不亚于面店的水平。

半信半疑之间,面就上了桌面来。

蒜叶和黑胡椒很清晰地混在面汤中。脂油花的香味很明确。一般的饭店都是要熬油的。荤油在高邮面条中是重要的滋味来源之一。面条是挂面,面起锅的时间非常合适,断生而又不至于烂糟,口感筋道而又不至于隔膜。面入口后，胡椒的味道奔袭而来，但又不会成为负担，一筷子面卷下去再喝了酱油汤，那是一种痛快的滋味。再来一碗，再来一碗，我记得那天吃了三小碗——要不是为了一点体面，恨不得端起那大碗，把汤也喝了。吃完摸摸肚皮，再想想面条经过口舌的滋味，咂摸着胡椒、蒜花、脂油、虾籽的各种味道，好像每一种味道既在融合又各有自己的分寸。

吃罢就和老奶奶攀谈起来，继而又微信采访了店主。女主人是个爽快人——一家饭店除了做菜和做账，更需要一个里外支应的人，这样万事才能团起来，大家都顺顺当当、开开心心，总不能黑着脸做生意。当然，也有一些特色店的经营者脾气暴躁古怪，但恐怕不是大势。这家店开了十六年，客人源源不断，有小吃的过客，更多是常来的熟人。久而久之大家将这当作社区厨房一样，随便招呼一下就得方便和好滋味。那还不是乐在其中的事情呢——关键他家菜价还便宜，一顿吃下来一算账后客人有些惊讶，可这就是家常菜馆应该有的亲民啊。

宝祥饭店的老板叫熊祥，四十四岁，武安浩芝人。老板娘叫季高琴，四十岁，老家在周山。老板的父亲叫熊广宝，七十二岁；母亲叫徐建华，六十八岁，甸垛人。这个饭店的名字，是店主和他爸爸名字的最后一个字，开饭店之前老板在人家饭店做厨师十年。他们一家人在店里忙着经营。熊祥做大厨掌勺做菜，老板娘忙着照顾生意，父母老两口忙着传菜打杂，另外还请了一个工人帮忙。

我一开始就很疑惑——她的面为什么下得这么可口？了解之后才知道，原来到底是她的手艺是有"根苗"的。徐建华原来在自己表姊妹的姨娘周秋兰的店里帮忙，就是中市口那家原有些名气的镇江鸭血粉丝店，也就是说早年就是做小吃的。后来又到中山路老一小门市部，和弟弟徐强华一起下面、下馄饨——所以后来她才能把一碗挂面下得活色生香。至于是不是这个样子的感觉，哪天你转到小店里点几个菜吃完再要碗面试试，这可能是很多大饭店厨师所没有的绝活。

沈二洒的兰州面

菱塘是一个回族乡。我在写长篇小说《李光荣当村官》的时候，在菱塘体验生活过一段时间。说是体验生活，实际上有些浮光掠影的奔忙，尤其是在湖天之边野外的游荡，清真村、张墩寺、岗坂头，还有好多已经记不得名字的地方，曾经留下过许多陌生而真切的脚步。一个地方因为地势以及民族习惯的独特，好像空气里都有一种不一样的味道，这种体验是非常特别的。

在菱塘的日子似乎并没有考究过吃食的问题，只采访过一个做盐水鹅的女厨师，了解到清真美食的一些情况。最近突然想到菱塘的面条，听谢金陵君讲这里的鹅卤子拌面是一绝。可以想象咸鲜的鹅卤带着蒜花拌面，那是一个清爽和到位。在城里生活，有时候某餐不就便，我就会到楼下大院子的熟菜摊上去，讨一碗鹅卤滴几滴鹅油，回来只要清水把面下熟了拌上便可以了。鹅卤在熏烧摊上是单独用塑料壶装的，不仅浇在鹅子上，素鸡乃至猪头肉用鹅卤都是极好的。菱塘这个地方，制作盐水老鹅也成了一种产业，大概与清真习惯有关，也与扬州人吃鹅的风气有关。据说没有一只老鹅能活着飞出江北。

但想到面条，打听之后菱塘有高邮的传统面店，有清真的面食店，最终还是央求谢君先去采访了一家拉面馆。拉面当然不是高邮面条，但它开在高邮，就与人们口舌相关，自然是一个地方的食事。兰州拉面在城区有很多家，我刚进城饭食无处着落的时候经常光顾。比如老赞化对面的一家，土产路东首的一家，通湖路金街对面的一家，熙锦园东门的一家。后来邮安路西首也开了一家，好几个儿女在门口打闹，一副其乐融融的样子真是温馨。去年我搬离那里，听说店也易主了。那人家的羊肉炒饭做得真好。金街西对面这家，小男孩长得真是漂亮，眉毛就像是弯月亮。熙锦园这家是个女儿，小脸蛋上也全是他们民族独有的美好。

兰州拉面我平素出差也都尽量不在途中吃——出发的机场或者抵达的车站，往往会有拉面馆或者牛肉面馆。这么多兰州面馆，独去寻菱塘的，是因为采访他们有些难度，自己总感觉害臊去打扰别人的工作生活（这篇也是谢君安排去采访的具体内容）。又因为菱塘有回族兄弟，就选了这家去尝尝。作为一种被相对标准化的面条，兰州拉面好在面和汤兼善，加上轻薄的牛肉佐之，再加上手工的拉面筋道，特制的汤清冽而又鲜香，只是我说不出其中味觉的来源。但虽然说有相对的标准，其实每一家拉面馆还是有差异的。这些差异在主人的手上，也在他们的面色之中。有些看起来就很舒心，有些说不出什么滋味，但好像也不会差到哪里去。

菱塘的这家拉面馆的老板叫沈二洒。上网搜索他的信息，有新菱塘人的称谓，那是他接受一个和面条并没有关系的采访中写到的。我原来以为他的名字是个专门的代号，因为非常特别，不像本地的大刚、小柱那般普通。他本名就叫沈二洒，回族，甘肃省临夏县漠泥沟乡何家村人。他们全家都来了菱塘，一直从事拉面工作。沈二洒的妻子叫马阿一沙，他们有三个孩子，两个儿子，一个女儿。

拉面馆是连锁店，街上也多有可见。据沈二洒说，甘肃的兰州拉面和在外地的是有些口味上的区别的，这也算是一种适应性的改良。比如菱塘这边的人不能吃辣椒，也不爱吃小菜及生大蒜。他的拉面手艺是跟师傅学的，学了三年时间。在兰州家常也不多做拉面，因为拉面比较费时费力。问到拉面的手艺,他说要用高筋面,手法秘诀倒是有,可是不可外传。其实一个地方的风味,其秘诀即便公布也很难学到位,风味大多是一种独特的领会与体验。面汤当然有讲究,尤其是熬制的原材料要新鲜,还有熬制的时间长短以及火候大小很讲究,配料肯定更有秘诀,但也不外传。

沈二洒说:"我来菱塘十多年了,来了菱塘我都不想回家乡了。这里人民热情朴实,气候宜人,环境好。有很多回族同胞经常光顾我们店面,风俗很不一样,我们回族的节日氛围会更隆重一些。"话音可以听出来,虽然他乐意做一个新菱塘人,但内心里也还是有乡愁的,最温暖的地方当然还是自己的老家。就像是我们面对一碗面条,可能有各种美妙的做法,但回头想想品尝过各种滋味,自己老家的味道仍是最可靠的。自己家里做的或者"我家楼下那家"也许不是最好吃的,但是早年经常光顾也就形成某种适应和想念,成为一份美好的寄托,这大概就是食物之于故乡的一种情绪吧。

沈二洒的店里也有其他的吃食,比如大盘鸡、盖浇饭、牛肉粉丝、手抓饭等等。他自己觉得最满意也最有特色的就是兰州拉面。我过去在乡下工作过,那里也有一家兰州拉面,好多回族的同胞都当食堂一样来吃。特别是一些来挂职的人,几乎就把家乡的面馆当作招待所一样三餐必到。这个道理于高邮面条也是一样的,就像是在扬州或者南京甚至他乡,见到一家名为高邮面馆的铺子,总是想去光顾一下,体验一种他乡遇旧的滋味。拉面馆里其他的吃食也是挺有风味的,他们做肉和菜的方式和我们不一样。比如扬州的秋雨路上有一家清真的面馆,里面的白水牛羊肉做得极好。那肉看起来是波澜不惊的样子,但蘸了特别的味料,就好像是嘴里探到了仙境一样。这时候,就连饮料也喝他们故乡的,比如大窑嘉宾,那才是最有趣味的吃法。

宝塔手擀面

好多学校门口都有面店,这给师生们带来很多方便。书香是虚无的,比之于饭香。饿肚子的艰难,比知识贫乏要残酷得多。有听说过饿坏的,但没有文化未必完全没有生路。我有时候甚至觉得有些读了点书的人,反而比出劳力的人矫情和难缠。当然,我们还是努力地送孩子去上学,这于现实和个人确实还是个比较适当的方法。妞妞是朋友圈里的熟人,她以前吃面的片子常见到,现在长大了就不让拍了。过去上幼儿园到小学,好几年由我接送,早饭多是一碗面。从邮安路到前进路、金桥路,直到烟雨路,一线抵达宝塔幼儿园,她几年吃了好多家面馆。现在好多老板见了我还会问:姑娘长好大了吧。现在他们要是见了她,一定也不认识这个一米七的孩子了。

欣欣面馆、柳记面馆,尤其是宝塔小学门口的手擀面馆,那几乎是定点的早餐店。吃完就看着她不情愿地往校园里走去。我那时候也颇有些名气——送孩子的人们见到我总是说,这是最爱哭的小孩的爸爸,这是妞妞从蓓蕾幼稚园转来前就有的名声。由于爱哭,吃早饭也很为难,要一口一口地喂,且要把面条卷在筷子头,哄她说是"蜂窝",不知道这是哪个动画片里的见识。一碗面要一次一次地卷起来,好多隔壁桌的家长都觉得我的耐心不可思议。

她吃面还不能放胡椒,这是至今仍保持的一个习惯,面条和馄饨都不能放胡椒。我觉得这在一个人的味道建设上是一种重大的缺陷。她对辣椒也畏惧得很，导致家里的厨房对辣味非常的谨慎。期待她的认识能有所改善。当时每次送她到学校门口，照例是一碗手擀面、一碗细面。我要先狼吞虎咽地将手擀面吃掉，阳春面正好冷却了，就开始一口口地喂她。我现在想想那时候她几乎没有自己吃过面，及至今日她去面店动作也并不麻利。同时这段经历对我来说，虽然吃了好几年的面，但是没有认真地尝过那手擀面。后来她上小学不必我送了，我也很少再去宝塔（这个学校所在地叫宝塔，是因为往西有一座明代的净土寺塔）吃面，也有人给我介绍那里的面，但心里总好像有什么别扭，无意间就绕道了。

有一次经过吃了一碗，感觉味道并不对，出来发现并不是原来的面馆。有点感到可惜，一家熟悉的面店消失了。后来去到金桥路好吃面馆的时候，站在门口见西面有一家宝塔手擀面，眼前突然一亮：这是不是原来宝塔小学门口的面店呢？心里想但并没有去尝一下。吃饭这件事情是有些路径依赖的，而且我这个人也敏感而自私。高邮这么多家面店我熟悉一些，没有必要再去贸然地尝试，其实常常吃的还是那几家。后来杨君——这位兄弟是我乡下住处的邻居，也是位会吃的人。好吃面馆也是他推荐的，他这回推荐了一碗红汤手擀面。又是视频又是照片，才让我决心前去采访——我知道这种吃法就是用阳春面的汤料拌手擀面，因为一般粗面做清汤菜面多寡淡，这种吃法算是"鱼与熊掌兼得"。

进店门坐下点了餐，忙碌间的老板娘抬起头来，看着我一愣，马上就说：好些年不来吃面了，孩子都好大了吧。她还是记得我这位家长的，虽然她当初也并不知道我们姓甚名谁。有了这点熟悉的亲切，面条的味道自然立刻就感觉也如意——吃东西其实还有一层对制作者的信任，就像你喜欢一个作家，哪怕他的表达怪异，也能解读成超凡脱俗。一切还是那个样子的，滚烫的水里翻滚着青菜和手擀面，桌上放着的是水辣椒和炒咸菜，只是客人比以前稀少点。

葛华凤今年五十五岁，龙奔西楼人。她开面店已经十八年了，在宝塔小学开了十五年，到现在的店面做了三年。原来的房东觉得生意好，就收回了房子自己开面馆——很多事情很有意思，每个人的财运不一样，人们也不要觉得别人发财自己也能做，可是你做了偏偏就未必如愿。面条生意固然可喜，但实在不是人人能做的。后来据说老房东开了几个月又想请她回去而被拒。开面店之前她是水泥厂的职工。葛华凤在电话采访中和我说，现在的生意也不好做，过去一天下五十斤面，现在不过二三十斤。不过她还是坚持手工擀面。看她的面条粗细不一，看得出辛勤和诚意。她店里的酱也自己做，每年要做一百斤水辣椒，还要腌几大缸咸菜。好些人做这忙人的生意，为生计，也为消磨时光，日子大体是能过的。她手擀面的手艺是跟自己的姑子金莉学的。金莉今年五十七岁，原来在饮服公司上班，这种出身基本上有很正道的手艺。金莉后来又在新霖飞公司下过面条。

新霖飞公司是本地的一家知名企业。这个企业还有一个与面条有关的故事。2013年，企业的老板何其新每天早晨到"天天见面"面馆吃早饭。吃早饭时，他看见环卫工人让老板下面条时给他多攥两筷子，说是少了吃不饱。何其新思来想去，做了一个决定，联系高邮市的环卫部门给每个环卫工人免费提供早饭，由他来买单。2013年10月24日，新华社客户端以"满满都是爱！带你看四十一万碗阳春面的故事"为题，直播高邮环卫工人被邀请吃面条的场景。一碗阳春面、一个煎鸡蛋、一杯热豆浆，这样"标配"的早餐，高邮四百多位环卫工人太熟悉不过。他们接受采访时在高邮几十家大小面馆连续吃了三年这样的免费早餐，累计达到了四十一万份。

我那时候已经调宣传部门工作，在接待记者的时候还听说了一个细节。何老板是个爽快人急性子，摄影师要拍他吃面的画面，他一叉了面很快就吃完，结果一条片子没过又要吃一碗，据说前前后后吃了好多碗。新霖飞公司还有一家酒店，是市区知名的星级酒店。这家酒店自助餐厅的面条师傅水平很高，每次外地客人来，我都推荐他们尝尝那里的面条和馄饨。能得高邮面条的精魂，在星级酒店里是难得的事情。

云阳人的高邮故乡

从开始做"高邮面事"系列，我就听说高邮面条是由重庆云阳人做的。当初知道这个情况的时候，我还是有些惊讶的。一方的面事，面本身当然是重要的，我们应该秉着饮水思源的心念弄清楚它的来源。高邮人对高邮面条感到自豪，除了调味之外，对于"水面"也是有独特的自信的。"碱水细面"大概是对高邮面条的一种基本概括。这种面条细腻、筋道又不容易糊汤，口感上有一种明晰的清香，比挂面要软烂，比起粗刀或者手擀面更细腻。我本以为这是高邮人的发明，后来探究面店才知道，这是重庆云阳人做的。因此，我们专门走访了几家面店，直接问老板是不是云阳人，巧的是都无一例外乃重庆来的。他们建立了一个微信群组联系。

据说在车逻镇的某个村，有很多人租住在那里，几乎以方言建立了一个新的"飞地式"的村庄。这个地方我没有去探究过，但我相信这是事实。生活中有很多的秘密就藏在日常中，探究出结果也没有什么深意，知道也就罢了。即便没有这样的村庄，高邮人的面碗里也大多数是云阳人做的面，这恐怕是不争的事实了。云阳人，也是用一碗面条在高邮建立了自己根据地一样的第二故乡。

北门大街有一家东兴水面点。以前走街的时候总想去一探究竟，然而害怕语言不通，或者人家忙着做生意，你脚前脚后地问一些古怪的问题，比如详细地问人家的来历，就像是盘问一般，对自己也是一件为难的事情。我也不喜欢人在街上见到我便问：你是不是南角墩的——这当然也不是什么可耻的事情。于是我就拜托了朝颜君帮我去打探情况。她算是个老高邮，家又住在北头，平时又颇有些做饭的本事。请她去，她为难不为难，我也顾不了那么多了。听说她正要写一个关于面店的小说，我心里又坦然一点：就当是两场小麦一场打。或者过些时日她的小说写出来，又出了大名了，我也可以大言不惭地说——你看看，当初要不是我让她去采访，这件事情哪里能成？所以这样一想，我又好像成了她的恩人。生活里这样的事情和人是很多的，和面条一样搅扰不清，有些还糊汤，实在是有些恼人的事情。

北门民生路这家水面店的老板名叫石安东，今年五十三岁，老家在重庆市云阳县江口镇小水村九组。他的家属龚加菊，五十四岁。夫妻俩有两个儿子。大儿子石诗有三十一岁，小儿子石文兵二十六岁。1998年，石安东跟着自己的堂弟学习制作面条。在云阳，几乎家家户户都会这样的手艺。2000年3月，全家来到高邮，一直住在民生路三十四号，这家店门面连住家。他们一家人都是靠做面、卖面为营生，没有做过其他生意。他们在龙蟠小区买了两套房，两个儿子各一套。大儿子在城东黄渡又开了一家"东兴鲜面店"。看来他们在高邮是可以扎根了，这里成了他们新的家乡，但云阳仍是他们的故乡。即便是他们日后去到外地，也只会说老家是云阳的。

老石说：云阳人在高邮做面的很多，几乎占据高邮水面市场的百分之九十。南海菜场东门的明友水面店也是云阳人开的。他们熟悉，也没过多地往来。那么多人在高邮做面条的生意，同乡多了也自难以全熟悉，这样高邮人在他们眼睛里也一样陌生，反而减少了在他乡的陌生感。我之所以要问明友水面店，因为我是这家店的老主顾。店就在我家楼下菜场的东门。每每下班回家，饥肠辘辘想到晚上没有饭食，多是去买一把面回来和青菜煮。他家的面条一把把地在门口晒干了，买回来也便于存放。这家面店的门市相对狭窄一点，一对父子支应着营生。没有生意的时候，父子两人各自拨弄手机。面的品类很多，价格也很实惠，三两块钱足够一家三口果腹。见我在拍照片或者视频，老板有些狐疑，我继而又问些问题，他简单回答后反问我：你问这些做什么，像查户口一样？这并不是什么恶意，劳动的人都不喜欢多说话，这样的手艺才做得踏实。

这家店的老板叫陈明友，今年五十岁。两个儿子也都做面条生意，大儿子二十八岁。问到二儿子的时候，老陈就不愿意说了。其实我只要确定他是云阳人就好了。他继续埋头去干活，这天他做的是饺子皮，原来是用模具压出来的。这和我们当年乡下用碗口压出圆形的饺子皮是一个道理。他家还卖一种米粉，口感也很好，清甜而顺滑。

东兴水面店的老石介绍，他们用的面粉就是高邮面粉厂的精制面粉。制作过程中也没添加任何添加剂。面条制作主要在于水与碱的比例和打面时间的控制。正常情况下，平均五十斤面粉兑入二到三两碱——当然这也不绝对，要根据气温、湿度来调整。打面时间一般为八分钟，说到底还是凭经验与感觉。目前，大部分的面是用机器打，也有部分手工制作。店里平均每天卖面条一千斤、饺面皮二百斤左右。

他们自认为是新高邮人，尤其是下一辈已经是高邮人。老石过年才会回云阳老家，因为父母健在。自己唯一的哥哥已因病过世。每次回去一般最多一周，有时就三天。因为每年的正月初三面店要开门，年前又是面店生意最忙的时候。很多人慕名来买他家的面，远的甚至有山西、上海、北京的买家。他的儿子已经将这门手艺传承了下来，也踏踏实实地做着这个手艺。

老石说，孙子辈就不好说了，因为他说了不算——至于他们以后是否会回到老家云阳，这个也很难说。

自家的面

过去下面吃,好像并不是正经的饭食。比如下午饿了又不及晚餐,下一叉面作晚茶,又称为"幺台子"。或是有亲戚突然来,米饭不够,下一碗面打个鸡蛋救场。又或者午饭做得不够,晚间又不至于再煮,也会下几根面作为补充。面也是没有人会做的——好像外地嫁来的女人也没有做面条的,最多是擀面做饺子皮。可惜连擀面杖也不常用,就把玻璃酒瓶去了商标纸去擀面。吃饺子是一件大事,是要提前商量预备的。可饺子也不会吃多少顿,只是作为一种改善或消遣。面条都是挂面,也不用钱去买,多是用麦子去换。

挂面放在抽屉里忘记了,直到生了蛾子,好像也不可惜。可见面条在村庄是一种候补。好像过去到城里亲戚家,也没有见下面吃的,到底要装满三红碗饭扒下去才像样子的。但即便如此,下面也是有的,味道也还有些讲究的——在这个系列结束的时候,讲讲自己做面条的事情,也大概是为了证明并非完全做空头讲章,到底会些家常的手段,供人们一笑。

上顿多了汤水却没有饭,下面是个不错的主意。如果是鱼汤则烧滚了,篦去鱼肉卡刺置一边;另用清水煮面至熟,用鱼汤拌面,谓之"过桥"。私以为鱼汤的质地不够浓厚,直接下面会削弱其口感而显得寡淡,鸡汤亦如是。且鸡汤直接下面易有酸味,也宜过桥。浓厚的肉汤显得太过油腻，倒是可以掺蔬菜一起下面，反而能够平和油水，面身清凉爽滑——这里面是有些辩证的办法的。

若没有荤汤，青菜"炸汤"也是一法，大概相当于北人说的炝锅，这一点是否如此不大自信。青菜尤其是韭菜炸汤，满口的清芬，那是十分有味道的，有平中见奇的效果。但是过分鲜嫩的菜则不宜用热油炒，则可氽汤作面——比如鸡毛菜或者茼蒿头，都是极其鲜嫩的。有一种青菜烂面的做法，将菜汤与面煨得糯烂，待微凉而不至于糊汤，也是上好的味道。夏天的傍晚溽热未退，呼啦啦吃一碗烂面，似乎满心的清风徐来。当然炸汤也可以用肉或者蛋。咸肉烧汤至奶白，面条下去咸鲜可口，但稍微奢侈，不可多得。蛋却常见，打散煎至金黄倒沸水，汤见浓白而下面，也是不可多得的味道。若有西红柿切丁，炒至出沙黏稠后倒沸水下面，酸爽可口。

至于像面馆里的面，家庭的做法也并不难。调味主要有三鲜——酱油、荤油与味精，猪油不备用麻油调香也可。也就是过去讲的神仙汤——三鲜汤，正是高邮面条的主要味道。葱蒜并不难的，愚以为最香的是新蒜，激发出的异香久久不会散去，真所谓齿颊留香也。米葱要选细小的，有一种粗大的很粗鄙，味道有些臭，不足取。这种面佐以蛋为最佳伴侣。煎蛋并不难，水卧蛋前用热水浇一下容易定形，葱花蛋则是随意为之也难能不香。亲戚上门来，下碗面，打一个蛋——隆重的有三个，但绝不能是两个，这是风俗，也是规矩。实在艰难的，用咸菜炸汤。春咸菜放得酸臭了，抓一把洗干净了油煸放水煮沸下面——这也最好是晾凉了吃，这样可以风卷残云，那种特别的香气也令人难以忘怀。

现在卖面食的多了起来，除了面条还有各样的面食，几乎是唾手可得。尤其天气稍凉，就听见外面不断地传来一种声调："糕咪，香米年糕咪！"他们卖的是一种菱形的米糕，尤其是没有馅心的最清口，饭锅上蒸着吃或者于青菜汤中烫熟了极好。这些人卖的面食品类丰富，还有晒干了的水面条，面鱼以及年糕或者外面裹了糯米的面团，这些做起来都十分的轻松。最近还有人来卖焦屑的，那实际是炒面。我看过一段文字，说焦屑是用锅巴磨碎的——是不是我记错了？面在生活里不做面条，除了包饺子也还有几种吃法，比如摊煎饼。调烂面摊铺而已，有淋油撒糖或者盐的。还有用擀面发酵了做酥头饼的——后来有人说成什么酥头令的，我觉得是有些牵强附会的，过去的吃食哪里有这么多无稽之谈的鬼话。也有调了面做一种浆糊一样的粥水的，在泰州地方很流行，我们这吃了心里就想着贫困。多是做了面疙瘩下在汤水里的，但是要有个讨口彩的名字——面如意或者顺遂。至于包子馒头多是去买或者换，年节之前有专门的师傅上门来做年蒸，吃到正月中旬就没有了。上灯圆子落灯面——这碗里还有些仪式感，但有限得很。

　　有时候向晚天冷，在寒风彻骨中走回来，半路上想到家中没有饭食，而面店已经打烊，心里便满是无奈。转而奔到水面店门口，买一两块钱的手擀面回去，烧水煮面——三开饺子两开面，等待的过程中再找些陈菜，有蔬菜氽汤更好，只用热了的剩菜拌一下——如果还有榨菜或者酱，那就更是解救困境于水火了。

　　实在忙碌或者为了闲情，方便面偶尔为之也未尝不可。煮沸了水放下，面身煮到清亮，切片的火腿肠也煮透了，用适量的味包调味。这当然算不得什么美食，可充饥的时候人心慌慌的，那时候的满足感是超过一切山珍海味的。说到底很多好吃的东西，恰恰是因为饥饿或者缺少，因此人们心里就有了盼望——这可能是我们过去觉得东西好吃，而又觉得吃的今不如昔的重要原因。

　　但这些也算是道在日常的滋味。